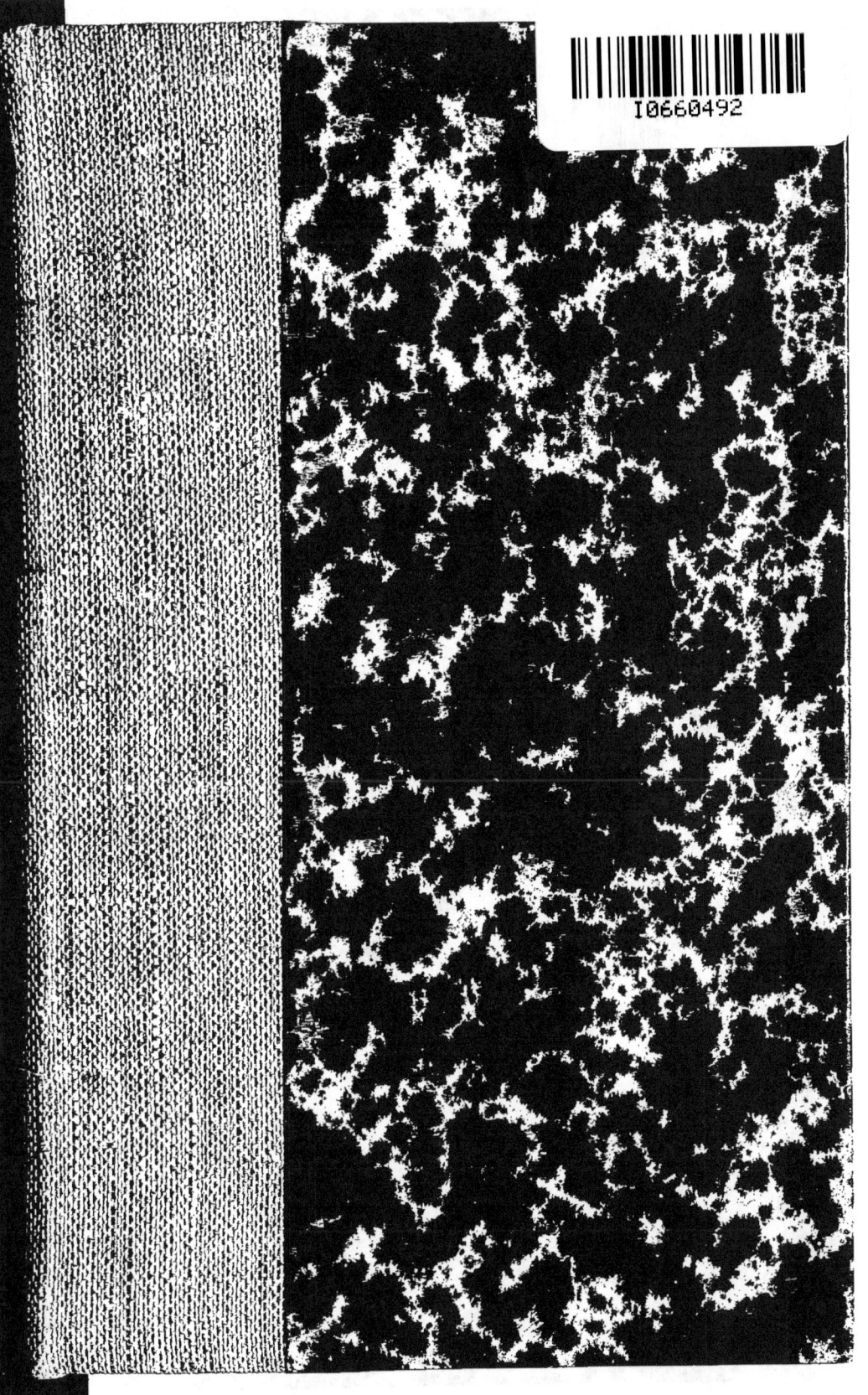

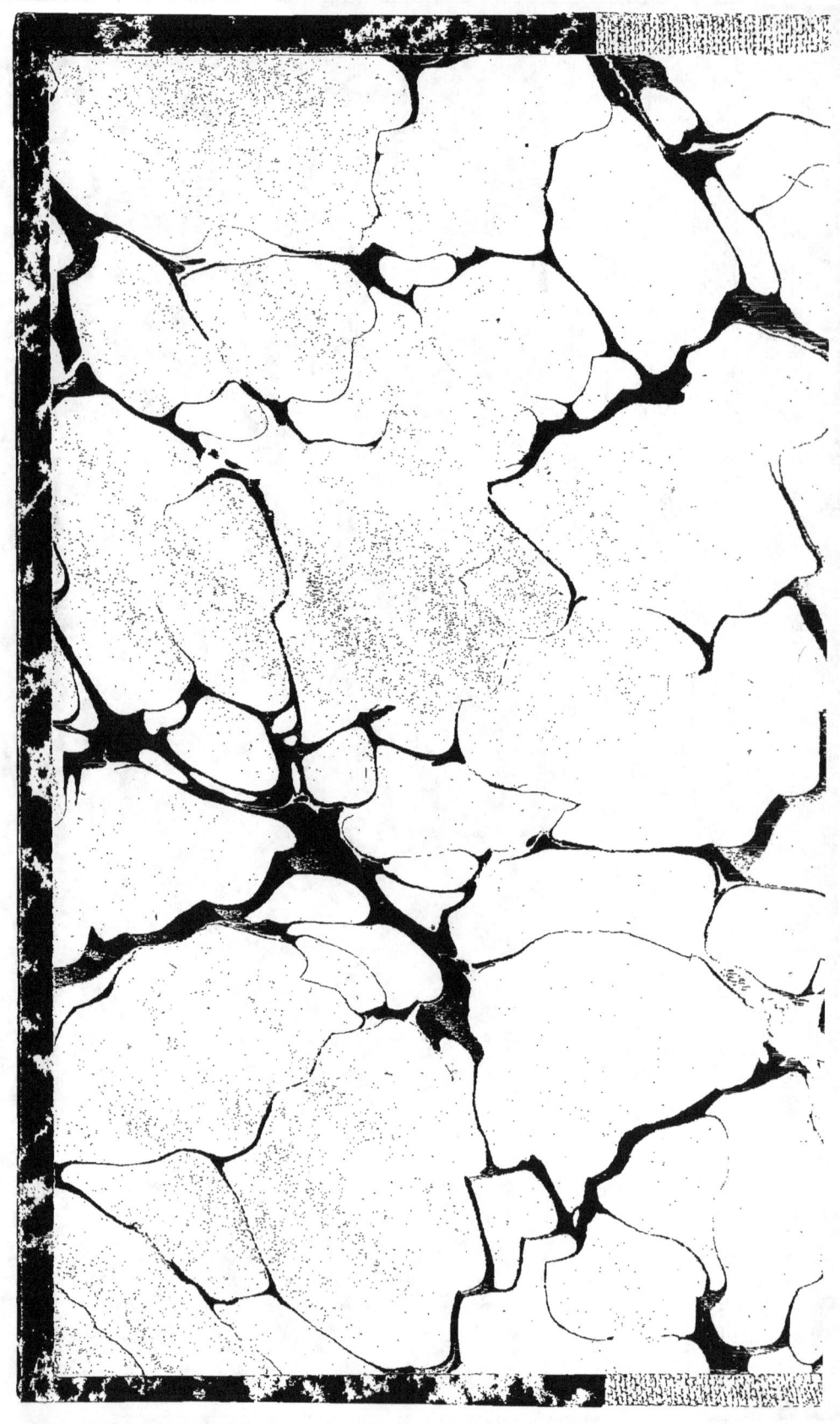

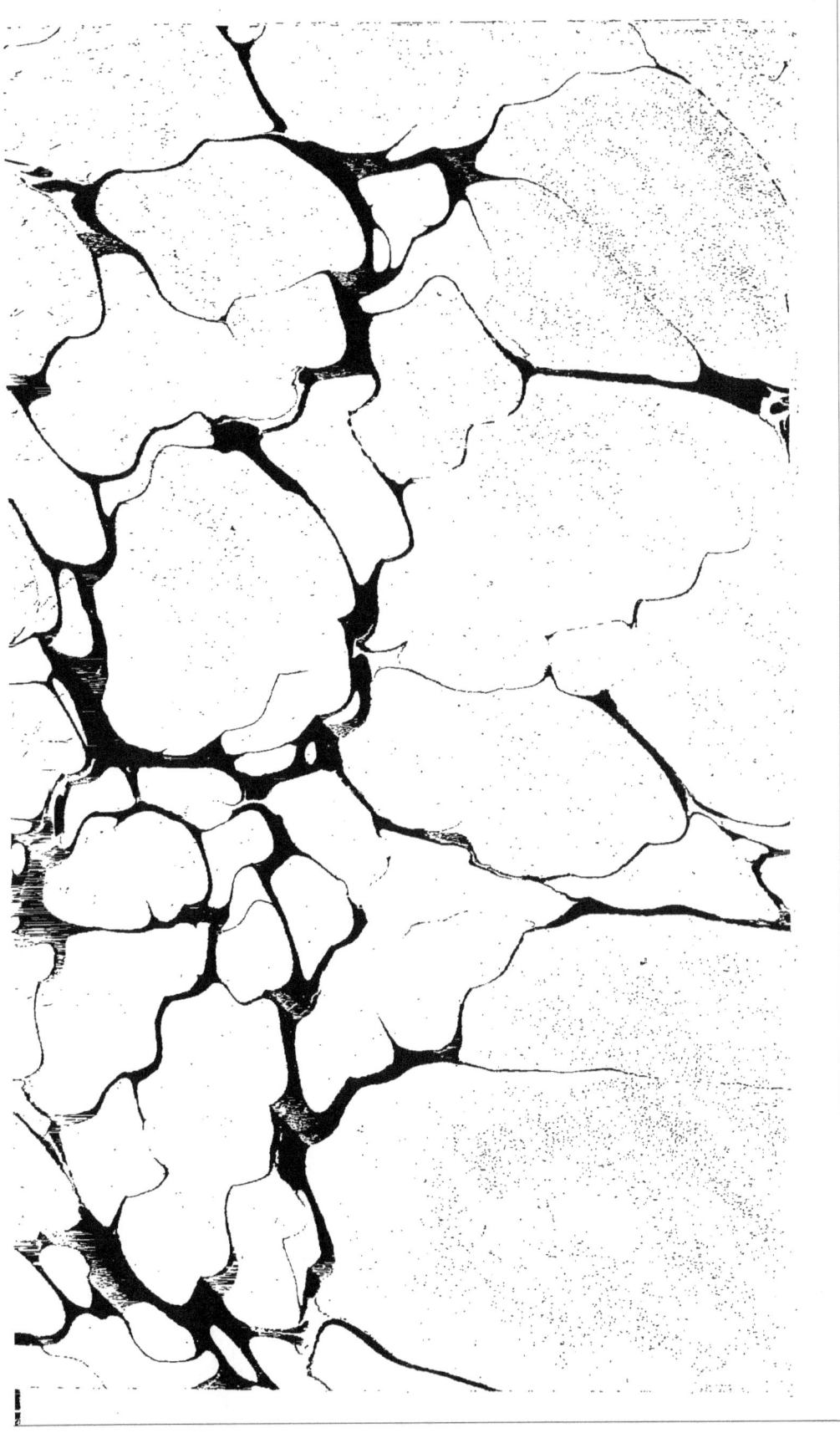

ARSÈNE HOUSSAY

LES
TROIS DUCHESSES

ROMAN NOUVEAU

O femme! femme! femme!
BEAUMARCHAIS.

I

PARIS
E. DENTU, LIBRAIRE-ÉDITEUR
PALAIS-ROYAL, 15-17-19, GALERIE D'ORLÉANS

1878

LES

TROIS DUCHESSES

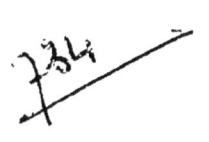

o

ARSÈNE HOUSSAYE

LES GRANDES DAMES
12ᵉ édition. — 1 vol. grand in-8, illustré, 15 fr.

LE DIX-HUITIÈME SIÈCLE
La Régence. — Louis XV. — Louis XVI. — La Révolution.

Édition de bibliothèque en 4 vol. in-18, 3 fr. 50 le vol.

POÉSIES
Poëmes antiques. — Poëmes mystiques. — Poëmes rustiques.

1 vol. elzévirien, eaux-fortes, 7 fr. 50.

HISTOIRE D'UNE FILLE DU MONDE
Un beau vol. in-8 avec cinq portraits, par HENRY DE MONTAUT, 5 fr.

LES MILLE ET UNE NUITS PARISIENNES
4 vol. in-8 avec 24 portraits des demi-mondaines et des extra-mondaines, par HENRY DE MONTAUT. Prix, 20 fr.

LUCIE
1 vol. in-18, portrait, 3 fr. 50.

LE ROMAN DES FEMMES QUI ONT AIMÉ
1 vol. in-18, portrait, 3 fr. 50.

TRAGIQUE AVENTURE DE BAL MASQUÉ
1 vol. in-18, portrait, 3 fr. 50.

LE CHIEN PERDU ET LA FEMME FUSILLÉE
Épisode de la Commune.

2 vol., portraits, 10 fr.

LES COURTISANES DU MONDE
4 vol. in-8 cavalier, 20 fr.

LE ROMAN D'HIER
1 vol. in-18, portraits, 3 fr. 50.

IMPRIMERIE ELZÉVIRIENNE DE BARDIN, A SAINT-GERMAIN.

LA PRINCESSE

ARSÈNE HOUSSAYE

LES
TROIS DUCHESSES

O femme! femme! femme!
BEAUMARCHAIS.

PARIS

E. DENTU, LIBRAIRE-EDITEUR

PALAIS-ROYAL, 15-17-19, GALERIE D'ORLÉANS

LIVRE I.

TROIS POINTS D'INTERROGATION.

I

MADELEINE.

u va cette jeune fille, blonde, mince, souple — un lys que l'amour n'a pas penché? — Elle est douce, mais fière; elle porte bien la marque de la vertu. Elle a la pâleur rosée des dix-huit ans; ses beaux yeux bleus de mer n'ont point le regard chercheur des fillettes de Greuze et des ingénues de Molière; sa bouche bien ouverte esquisse un vague sourire : un imbécile croyant aux petites bouches trouverait celle-ci trop grande. Le nez est fin, droit, avec des narines accusées; mais elle n'a pas encore respiré les odeurs du diable. Si ses cheveux ne lui tombaient sur le front pour obéir à la

mode, si elle se coiffait à la vierge avec les ban-
deaux de l'innocence, on ne manquerait pas de
dire qu'elle a la figure d'une madone. Elle marche
bien avec la nonchalance orientale, même quand
elle marche vite. Il y a pourtant en sa désinvolture
je ne sais quel embarras charmant, qui trahit la
jeune fille aux premières aubes virginales. Elle
sent qu'elle n'est pas encore initiée; le livre de la
vie lui semble écrit en hébreu : elle en feuillette
les pages sans vouloir les bien comprendre.

Où va-t-elle? Elle porte à la main un rouleau de
musique. Est-ce pour avoir le droit de marcher
seule ? Est-ce pour prendre une leçon au Conser-
vatoire, ou pour donner elle-même un leçon de
musique?

Elle répand tant de charme sur son chemin,
que tout le monde retourne la tête. Les braves
cœurs seraient désolés de voir à sa poursuite quelque chasseur de vertus parisiennes. Les femmes la
jugent mal pour se consoler de n'être pas aussi
jolies; les fats disent en passant vite : Ah! si j'a-
vais le temps. Les chercheurs d'aventures s'arrêtent
au coin de la rue et se demandent s'ils vont tenter
le hasard de la bonne fortune à l'emporte-pièce.

Mais elle, qui se sent vaguement admirer en
passant, ne songe pas à regarder en arrière. Elle

va simplement où elle doit aller, sans détourner la tête, mais sans la relever non plus.

Les jolies filles qui passent dans la rue sont comme le petit chien du conte fantasque qui secouait des perles et des diamants comme d'autres secouent des puces : elles répandent sur leurs pas je ne sais quel rayon de jeunesse, je ne sais quel parfum de grâce. Elles font d'un chemin quelconque une route enchantée; c'est que pour un instant elles détournent la pensée des vulgaires préoccupations pour ouvrir comme par magie le monde des rêves. Les moins poétiques se souviennent qu'ils ont été amoureux, qu'ils le sont ou qu'ils le seront.

Don Juan suivait toutes les femmes. Pour en attraper quelques-unes, il faut avoir l'envergure d'un voleur de grand chemin. Les délicats rengainent leurs compliments parce qu'ils ne sont pas assez bêtes pour vouloir d'une femme qui est assez bête pour se laisser prendre dans la rue.

Cette jeune fille venait de la rue Billault et descendait les Champs-Élysées.

Au coin de la rue de Morny, l'omnibus du Trocadéro lui fit faire une halte, non pas qu'elle voulût prendre l'omnibus, mais parce que les escaladeurs d'impériale envahissaient le trottoir.

Un de ces voyageurs en plein vent, qui se préci-
pitait vers le marchepied, la heurta au passage. Il
s'arrêta tout à coup devant elle et se posa galamment comme un point d'admiration.

— Ah ! comme vous êtes jolie !

Une des voyageuses qui faisait queue dit gaiement en regardant l'admirateur :

— Que vous me semblez beau ! Sans mentir, si
votre ramage se rapporte à votre plumage...

Le voyageur n'écoutait pas cette Parisienne pur
sang. Il était seul à son culte pour la jeune fille qui
l'avait dépassé dans le plus beau silence de la vertu.

— Il n'y a plus de voyageurs pour l'impériale ?
cria le conducteur.

— Non, dit en jetant son numéro celui qui venait de prendre pied.

Il fit un heureux, mais il ne fit pas une heureuse en suivant la jeune fille. Ce voyageur n'é-
tait pas le premier venu, quoiqu'il portât un
chapeau mou et qu'il fût habillé d'une vareuse à
rebrousse-poils, il avait une tête intelligente ; on
reconnaissait tout de suite un artiste non pas de
l'Académie des beaux-arts, mais de l'Académie
des intransigeants.

Il voulut continuer la conversation, c'est-à-dire
qu'il continua à parler tout seul.

— Mademoiselle, je ne suis pas un monsieur qui suit les femmes; je suis un peintre de portraits; je ne ferai pas trébucher votre joli pied sous le pli d'un billet de banque, parce que je n'en ai pas, mais si je faisais votre portrait, je ferais ma fortune.

Il paraît que la jeune fille ne voulait pas que le portraitiste fît sa fortune, car elle continua à marcher silencieusement.

Il s'imagina que ce mutisme, qui lui semblait exagéré, tomberait de lui-même si l'on était sous les arbres des Champs-Élysées. Il comprit, qu'après tout, il n'avait pas le droit « d'embêter » cette farouche beauté, qui sans doute n'était pas sortie pour l'empêcher de monter sur l'impériale de l'omnibus. Il tenta encore quelques apartés :

— Faute de s'entendre, il y a une comédie là-dessus...

Mais la jeune fille ne voulut pas savoir quelle était cette comédie. Un instant après il jeta ce mot pour lui arracher un sourire sinon une parole.

— Voulez-vous me permettre d'allumer mon cigare?

Mais il semblait toujours qu'il parlât à une autre. Tout en emboîtant le pas à côté d'elle, il avait l'air de ne pas la compromettre.

Quoiqu'il ne posât ni pour l'Apollon du Belvédère, ni pour un homme du sport, quoiqu'il fût un simple bohème doué du sentiment de l'art, il savait qu'il avait une figure et qu'il rachetait son feutre mou par des bottines bien campées. En un mot, s'il ne posait pas pour le torse, il posait pour le pied.

Il s'appelait Joinville de par sa famille, André de par le baptême. Naturellement il n'était pas cousin du prince de Joinville. Il était né à une lieue de Provins, sur les bords de la Voulzie , comme Hégésipe Moreau. Mais ce n'était pas le même caractère. Hégésipe Moreau avait chanté les roses de Provins avec abondance de cœur, tandis que Joinville, peintre des réalités brutales, n'eût pas voulu représenter une rose pour un empire. Il appartenait au groupe des nouveaux venus qui jettent par la fenêtre tous les dieux anciens : Apelles, qu'ils ne connaissent pas, comme Raphaël, qu'ils connaissent moins encore. Joinville était convaincu que jusqu'ici la vérité n'était sortie du puits que pour se montrer à Manet et Monet ; il ne jurait que par Renoir, il promettait à l'univers un chef-d'œuvre dans la symphonie en blanc d'Eva Gonzalès. Lui-même voulait étonner les populations par une symphonie en noir où il ferait jouer la lumière Rembranesque, que dis-je, la lumière nocturne!

A cela près, c'était un charmant esprit, toujours gai, bataillant avec verve, improvisant des théories abracadabrantes pour épouvanter les bourgeois. Il prouvait, par sa barbe comme par son costume, qu'il prenait la civilisation à rebrousse-poils, il se moquait de tous et de lui-même, quoique naturellement il eût foi en lui. Dans toutes les discussions d'atelier ou de brasserie, il avait le premier et le dernier mot, on le craignait comme le feu, quoiqu'on l'aimât beaucoup.

Il vivait au hasard du pinceau. Faure lui avait acheté deux tableaux; il avait peint le portrait d'une danseuse célèbre, qui n'avait pas manqué de dire, en se voyant si disgraciée par la peinture, que c'était le portrait de sa cuisinière. Joinville n'arrivait pas encore à se faire cent mille livres de rente, mais enfin il avait dans la dernière année touché à peu près cinquante louis, ce qui, avec les cent louis qu'il touchait de sa famille, lui avait permis de vivre comme Sardanapale, selon son expression. Il est vrai qu'il n'avait pas d'atelier, mais il n'y a que les peintres savants qui ont besoin d'un atelier. Les peintres « d'après nature » font leurs études partout : au café, dans la rue, au théâtre, en pleine campagne. A quoi bon un atelier quand on n'a pas à peindre les noces de Cana ou la Transfiguration. Une chambre d'auberge, si on est à la campagne; une chambre d'hôtel garni, si l'on est à Paris : voilà le paradis des impressionnistes. Manet a un atelier, mais c'est un aristocrate. Aussi est-il banni de l'Exposition des impressionnistes. Il en est réduit à exposer avec tout le monde, ce qui est pour lui une injure.

Mais prenons garde, cette parenthèse va nous faire perdre de vue la jeune fille qui descend les Champs-Élysées; tout justement la voilà sous les arbres qui masquent le Cirque; c'est le moment ou jamais pour Joinville de voir la couleur de ses paroles.

— Mademoiselle, lui dit-il d'un air plus décidé que dans la haute avenue, je sais bien que vous êtes muette, mais j'espère que vous n'êtes pas sourde. Dites-moi par un signe de tête que je serai votre peintre ordinaire.

Et comme elle ne répondait pas :

— Aimez-vous les vers, mademoiselle? Moi, je n'en sais qu'un par cœur, c'est celui-ci :

Dieu commence l'artiste, et la femme l'achève.

Un imperceptible sourire releva le coin des lèvres de la jeune fille.

— N'est-ce pas que ce n'est pas trop bête? d'autant moins qu'on peut entendre le vers de deux
façons. Tout artiste est sauvé ou perdu par l'a-
mour.

Joinville ne savait pas bien ce qu'il disait. Il
ne pouvait maîtriser son émotion; il ne se reconnaissait plus, lui qui se moquait de tout. Pourquoi son cœur battait-il si fort? Les femmes ne
lui faisaient pas peur; il est vrai que, jusqu'à
présent, il n'avait guère parlé qu'à des femmes
d'atelier ou à des femmes de brasserie.

On était à l'avenue Marigny, la jeune fille allait
toujours du même pas, elle semblait ne pas s'a-
percevoir qu'on la suivait, ni qu'on lui parlait :
elle marchait dans sa dignité, dans sa fierté, dans
sa beauté, avec l'auréole de sa vertu.

— Elle est invulnérable, murmura Joinville,
j'ai beau faire flèche de tout bois, je ne puis l'at-
teindre.

Il n'y avait encore sous les arbres que de rares
promeneurs. Il espérait vaguement que la jeune
fille n'irait pas droit à l'Obélisque. Pourquoi ne
se détournerait-elle pas de sa ligne d'asphalte,
pour prendre vers l'avenue Gabriel ou vers la rue

Royale? Oh! alors il tenterait le grand jeu et jouerait son va-tout, dût-il se poser devant elle comme sa destinée?

Il en était là de ses risqueries et de ses réflexions quand un de ses camarades, un fâcheux s'il en fut, l'interpella :

— Bonjour, Joinville, dineras-tu au « Rat mort? » la petite Chatte bleue veut te gagner son café au domino.

Joinville se sentit tomber du septième ciel.

— Non, dit-il avec fureur, je dîne chez ma mère.

Il jeta ce mot de comédie comme pour rassurer la jeune fille qui sans doute avait entendu parler son ami.

— Adieu, poursuivit Joinville en donnant un cigare au fâcheux.

— Nous n'allons donc pas du même côté?

— Tu vois bien que non.

Joinville fit un signe pour montrer qu'il y avait un oiseau à attraper.

— Donne-moi au moins du feu.

— Que le diable t'emporte.

Le peintre jeta sa boîte d'allumettes dans les jambes de ce trouble-fête.

Il reprit quelque courage et rejoignit la jeune

fille qui, naturellement, n'avait pas voulu être spectatrice de cette scène en plein vent.

Il croyait avoir trouvé le vrai mot pour l'émouvoir, quand un landau vert-pomme de fort beau style, traîné par deux chevaux noirs, tête fière et jambes fines, s'arrêta sur un signe d'une jeune femme, mollement renversée sur les coussins.

Cette fois, la jeune fille se détourna de son chemin. Quand elle fut devant le landau, la jeune femme lui tendit son éventail, comme elle lui eût tendu la main.

— Tu te moques de moi, dit la jeune fille, en lui tendant son rouleau de musique.

La musique et l'éventail se touchèrent gaiement. Joinville n'osa s'approcher. Il ne voulut perdre ni un geste ni un mot. Mais il n'entendit rien de cette petite conversation.

— Où vas-tu, Mathilde?

— Je promène mes chevaux. Et toi?

— Tu le sais bien.

— C'est donc une folie que cette passion pour la musique? Et tu n'as pas peur d'être enlevée toute seule dans cette forêt noire des Champs-Élysées?

— Je n'ai peur de rien si ce n'est de chanter faux.

— Monte à côté de moi, nous allons faire un tour au bois, tu m'empêcheras de m'ennuyer, et pour la peine je te conduirai rue du Luxembourg.

— Tu sais bien que je n'aime pas le bois.

— Ni moi non plus, je n'aime que les paysages d'Opéra, vus par la lumière électrique. Mais encore une fois il faut bien promener ses chevaux. Voyons, dépêche-toi de monter.

Le valet de pied avait baissé le marchepied. La jeune femme tendit la main à la jeune fille qui se laissa faire, non pas sans doute pour être agréable à son amie, mais pour échapper aux aimables obsessions de Joinville.

Les chevaux, qui piaffaient avec impatience, partirent avant le signal. La dame furieuse brisa son ombrelle sur la main du cocher.

— Ce n'est qu'une chiquenaude, dit-elle gaiement pour cacher sa colère, — une belle colère qui éclatait comme une rose rouge montante et remontante.

Quand la jeune fille fut à son tour renversée dans le landau, elle sembla être tout à fait chez elle. Son grand air domina son amie à ce point que le jeune peintre fut presque effrayé d'avoir osé lui dire tant de bêtises.

— Décidément, dit-il, je me suis trompé de porte !

Il poussa un long soupir.

— Quel dommage! Quel joli modèle j'aurais eu chez moi! Quel chef-d'œuvre j'aurais peint!

Il acheva ces réflexions par ce mot de son pays:

— Ce n'est pas pour les rustres que fleurissent les roses de Provins.

Les chevaux étaient repartis en dansant. Joinville resta cloué contre un arbre; il ne détacha ses yeux du landau qu'au delà du rond-point.

Il lui sembla qu'il avait entrevu le bonheur, mais comme un nuage qu'on ne saisit pas.

Quelle était cette jeune fille?

II

MATHILDE.

Pourquoi donc s'ennuyait la dame au landau vert-pomme? C'est ce qu'elle va dire en quelques mots à la jeune fille au rouleau de musique, pendant que les chevaux s'en vont gaiement vers l'Arc de Triomphe.

— Ah! Madeleine, tu es bien heureuse, toi.

— Bien heureuse! Mathilde. Je ne sais pas si je suis heureuse ou malheureuse.

— Eh bien, ma chère, si tu étais malheureuse, tu le saurais.

Madeleine regarda Mathilde avec un sourire railleur.

— Tu es insatiable, toi. Il te faudrait à la fois le monde et l'autre monde.

— C'est que suis née pour les grands rôles.

— Ne joues-tu pas un grand rôle? Tu portes un grand nom, tu habites un grand hôtel, tu vas dans le grand monde. Va, je sais bien ce qu'il te manque !

— Quoi donc?

— Une grande passion.

— Tu ne me connais pas, je défie les passions grandes ou petites; je suis au-dessus de toutes les duperies du cœur. Et toi ?

— Madeleine sembla se recueillir :

— Moi, tu sais bien que je suis folle de musique.

— Oui, l'art a pris la place de l'amour, mais, de même que l'amour conduit à l'art, l'art conduit à l'amour; tu fais aujourd'hui des façons, l'heure viendra où le premier chien coiffé de doubles croches frappera des points d'orgue dans ton cœur.

— Oh non, j'aime la musique, mais je n'aime pas les musiciens.

— Allons donc! tu les aimeras, c'est ce qui me désole. Quand je pense qu'un pianiste, l'an passé, a tourné la tête à notre amie Marthe, qui peut répondre de soi, devant un piano ?

Madeleine était devenue pensive. L'image d'un

pianiste avait-elle passé sous ses yeux? Pas le
moins du monde. Seulement, par un de ces miracles de l'amour, toujours maître de nos âmes, la
figure de Joinville lui revenait à l'esprit. Pendant
qu'il la suivait, elle ne l'avait pas regardé, mais elle
l'avait vu. C'est l'histoire de toutes celles qui sont
suivies. Les femmes ont des yeux tout autour de
la tête, ou plutôt elles ont l'art de regarder à la
fois aux quatre points cardinaux. Dieu l'a voulu
ainsi, pour qu'elles ne fussent pas surprises, disait Mme de Sévigné. Il est vrai que M. de Si-
miane lui répondait : Si Dieu l'a voulu ainsi,
c'est parce que les femmes sont curieuses.

Madeleine fut quelque peu surprise de ce souvenir persistant. Pourquoi n'avait-elle pas déjà
oublié ce bohème fagoté comme quatre sous?
C'est que ce bohème avait de fort beaux yeux.

Elle était habituée aux admirations qu'elle sou-
levait sur son passage et elle n'y prenait pas garde,
d'où vient que les admirations de Joinville lui allèrent au cœur? Était-ce par un sentiment d'orgueil? Joinville était peintre, il jugeait mieux de
la beauté qu'un homme du monde... Eh bien, ce
n'était pas cela; elle avait remarqué Joinville,
parce que Joinville était beau lui-même, non pas
beau comme il faut être dans le monde ou dans

le demi-monde, mais beau comme un inculte.

Certes, celui-là n'était pas un arbre endiman-
ché des jardins de Versailles, c'était l'arbre forestier
dans toute sa saveur rustique. Je ne doute pas
que Joinville ne trempât tous les matins sa barbe
dans l'eau et ne passât le peigne dans ses cheveux, mais le perruquier n'y était pour rien. Va
comme tu pousses ! Le peintre n'avait jamais mis
le pied chez un parfumeur ; il n'avait pas eu non
plus à franchir le seuil d'un dentiste, car il avait
les plus belles dents du monde : il eût enlevé une
femme par les dents comme un jeune loup à ses
premières armes.

La nature fait bien ce qu'elle fait ; on peut l'a-
doucir et l'altérer, mais la faire plus belle jamais!

Voilà ce que pensait Madeleine tout en écoutant parler son amie Mathilde.

Elles descendaient l'avenue de l'Impératrice.

— Ma belle, dit Mathilde, qui voyait bien que
Madeleine ne l'écoutait pas, tu perds ta jeunesse :
dans quelques heures tu seras une fille majeure ;
je t'ai déjà proposé trois maris. Quand tu auras
vingt et un ans sonnés, il faudra déchanter, ô
cantatrice inédite !

— Eh bien! je déchanterai.

— Vois-tu, ma belle amie, c'est un métier de

dupe, on ne devient la Patti qu'à condition d'avoir un metteur en scène. Tu chantes comme un ange; mais si tu n'as pas ton montreur d'ours, on ne te prendra jamais au sérieux; le monde est trop bête, il n'y a qu'à l'Observatoire qu'on découvre les étoiles.

— Que veux-tu? je crois à ma destinée : je finirai par trouver un théâtre. Ce jour-là, je toucherai mon idéal de près. Tu ne sais pas ce que c'est que la passion de l'art? Arriver sur la scène dans un opéra de Mozart ou de Verdi, de Meyerbeer ou de Gounod, être emporté par une force surhumaine, parler à toutes les âmes qui sont dans la salle, leur donner par les magies de la voix qui chante les flammes et les éblouissements; tout oublier pour être l'héroïne! Ah! tu ne sais pas ce que c'est : être l'héroïne, c'est vivre dans tous les rayonnements de la poésie, c'est se transformer en toutes celles qui ont été les figures de l'histoire ou les créations des poëtes. Que m'importe à moi, ma chère Mathilde, d'être la femme du monde qui s'ennuiera, comme toi, dans son landau vert-pomme : ne vivrai-je pas de toutes les belles exis-tences au lieu de vivre tout bêtement ma vie avec un mari qui me trompera dans un intérieur où je me casserai les ailes, dans une société qui se moquera éternellement de mes aspirations ?

— Ce n'est peut-être pas trop bête, ce que tu dis là.

— Et je ne t'ai pas parlé des applaudissements, des rappels, des bouquets. Vois-tu, Mathilde, quand on a une fois respiré l'air du théâtre, il n'y a plus d'autres palais, d'autres forêts, d'autres ciels; pour moi c'est le monde et l'autre monde.

— Oui, jusqu'au jour où l'amour passera sur ton chemin : tu épouseras un ténor qui te battra, à moins que tu n'épouses un marquis pour chanter ta gamme avec un ténor, cela se voit tous les jours.

— Je n'épouserai pas un marquis parce que je n'ai aucun souci d'être appelée madame la marquise; je ne veux pas avoir d'autre nom — glorieux ou inconnu — que celui de Madeleine.

En disant qu'elle n'avait nul souci d'être marquise, la jeune fille pensait encore à Joinville.

— Quelle folie, murmura-t-elle, est-ce que je le reverrai jamais ?

Le lendemain, à la même heure, la dame au landau vert-pomme allait de Paris à Dieppe. Elle n'était pas seule : un homme jeune encore, assis en face d'elle, ne semblait pas préoccupé des beautés du paysage, ni des beautés de la dame, car il dormait profondément. La dame était sa femme.

On semblait jouer aux quatre coins dans le compartiment; aux antipodes deux voyageurs se disputant avec quelque véhémence; on faisait de la politique pour tuer le temps; naturellement c'étaient deux opinions qui ferraillaient. Il y a aujourd'hui en France autant d'opinions que de citoyens, ou plutôt il n'y a que deux opinions, mais avec les mille et une nuances des tempéraments et des idées.

— Après tout, dit un des batailleurs, qui voulait mettre un point là où l'autre ne mettait encore que des virgules, toute la politique, c'est la femme.

La dame au landau vert-pomme et au mari endormi espéra qu'elle allait enfin entendre quelque chose d'amusant. Elle lisait un roman ennuyeux comme tous ceux qu'on achète dans les gares de chemins de fer, elle n'était pas fâchée de fermer le livre comme elle aurait voulu fermer le livre de son mariage.

Les deux amis passèrent donc au chapitre de la femme. L'un était brun, l'autre était blond. Ils parlèrent suivant leurs cheveux, c'est-à-dire que le blond fut aussi ardent que le brun fut pacifique.

Ce blond joua mieux son jeu ou plutôt fut plus

éloquent, car, sous prétexte de ne causer qu'avec son ami, il eut l'art de ne causer qu'avec la dame au landau vert-pomme et au mari endormi.

Naturellement, elle ne disait pas un mot, mais en homme d'esprit il parlait et pour elle et pour lui. Voilà le vrai rôle à prendre quand on a un ami qui vous donne la réplique et quand on rencontre dans un compartiment une femme qui s'ennuie.

L'homme blond n'y alla pas par quatre chemins : il commença par faire le portrait des femmes selon son cœur, il fit donc le portrait de la dame. Il indiqua rapidement comment les Parisiennes romanesques qui vont à Dieppe sont des comédiennes achevées pour improviser des romans ; comment elles ont inventé le train des maris ; comment elles connaissent tous les sentiers perdus qui mènent au château d'Arques ; comment elles vont respirer l'air bienfaisant de la mer aux heures nocturnes où on ne se reconnaît pas sur la plage.

Et le mari dormait toujours.

La dame faisait çà et là semblant de feuilleter son roman ; mais elle n'en lisait pas un traître mot : elle continuait sans parler la conversation avec l'homme blon.

A un certain moment le soleil couronna d'une auréole la figure du mari, cette fois il s'éveilla à demi et tira le rideau.

— Quel dommage ! dit l'homme blond, nous avions par là un si beau paysage.

Il regardait le paysage, je veux dire le bouquet qui ornait le chapeau de la dame, c'est-à-dire qui ornait sa chevelure, puisque le fantastique chapeau disparaissait sous les fleurs.

La dame ne voulut pas avoir l'air de comprendre que le paysage fût elle-même ; aussi elle leva le rideau d'un geste rapide.

— Tu ne vois donc pas, murmura le mari, que le soleil me tape dans l'œil ?

— Je le croyais parti pour Naples, répondit la dame, comme si elle fût elle-même à cinq cents lieues de son mari.

Il était trop endormi pour lui faire les honneurs de la réplique : une seconde fois il tira le rideau et se nicha dans son coin. C'est-à-dire qu'il s'éloigna encore de plus de cinq cents lieues de sa femme.

Quand on arriva à Dieppe, il daigna se réveiller tout à fait, au moment où le voyageur brun et le voyageur blond se disputaient la main de la dame qui descendait avant son mari.

— Ah! ma chère princesse, dit celui-ci en reprenant ses esprits, tu ne t'imagines pas comme j'ai fait un beau voyage. Je n'ai rêvé que chasses et cavalcades.

— Oui, oui, dit la dame, nous serons heureux cet automne.

Le voyageur écoutait aux portes.

— A quel hôtel descendons-nous? demanda le mari.

— Où vous voudrez.

— Eh bien, allons à l'hôtel d'Angleterre.

— Oh mon Dieu oui, c'est le seul où il n'y a pas d'Anglais, c'est toujours ça.

L'arrivée à Dieppe de la dame au mari endormi fit quelque bruit sur la plage, d'autant plus qu'elle s'était fait suivre de ses équipages et de ses cinquante robes. — En voilà une, disait-on, qui ne sait que faire de son argent.

Les unes l'enviaient de se métamorphoser quatre fois par jour, les autres la plaignaient d'être soumise à cet effroyable travail.

Si ses robes étaient indiscutables, sa figure était fort discutée, car elle n'avait d'autre beauté que la beauté du Diable.

La beauté de l'esprit, de l'imprévu, de la gaieté, et qui vaut peut-être bien la beauté des lignes, quand on ne veut pas faire de la femme une Vénus de Milo! mais, de même que l'esprit qu'on veut avoir gâte celui qu'on a, la dame en question gâtait sa figure par trop de mines étudiées, sans parler de son art d'adoucir son teint et à accentuer ses yeux.

Mais je la peindrai plus loin avec toute la sollicitude qu'inspire une pareille créature.

Comme c'était une haute capricieuse, après avoir perdu trois ou quatre jours pour le jeu des robes, on la vit arriver à la simplicité la plus stricte; on eût dit que la grande dame s'était changée en institutrice : elle avait revêtu la robe de laine, elle avait abrité sa figure sous un double voile, elle semblait ne plus se montrer que pour se cacher.

Pourquoi? — se demandait-on tout autour d'elle. — Le matin elle arrivait avec les baigneuses les plus matinales pour prendre son bain ; elle se jetait à la mer avec volupté, elle prenait un plaisir ardent à étreindre les vagues; à la voir nager on jugeait tout de suite que c'était là une femme passionnée.

Son mari l'accompagnait presque toujours. Mais peu à peu ce beau dormeur la laissa aller seule à la mer. Quand elle revenait, s'il ne dormait plus, elle le trouvait dans la cour de l'hôtel, sous les auvents, qui l'attendait en prenant son chocolat. On passait là une heure, rédigeant la gazette de la plage et du casino. Ils parlaient peu de Paris, pas du tout d'eux-mêmes, comme s'ils fussent absents tous les deux.

On remontait dans le petit appartement, la femme écrivait des lettres, le mari sommeillait. On déjeunait chez soi, après quoi le mari sommeillait. La femme lisait un roman, elle se mettait à la fenêtre, elle continuait la conversation, sans dire un mot, avec le voyageur brun ; elle allait çà et là, au casino ou en pleine campagne, toujours pour promener ses chevaux. On dînait quelquefois à la table d'hôte, sous prétexte de s'amuser des bourgeois ; mais, au fond, parce que le voyageur brun se trouvait là. Enfin le soir on allait se promener sur la plage. Le mari montait dans la salle des joueurs d'écarté, la femme s'égarait sur les cailloux, comme une lunatique, selon l'expression du mari.

Un matin, la dame alla seule à la mer ; il paraît qu'elle n'en revint pas, car, deux heures après, le mari vint pour la chercher.

Son baigneur ordinaire dit qu'il croyait qu'elle était rentrée ; il avoua pourtant qu'il ne l'avait pas vue revenir ; il lui sembla qu'elle s'était fort aventurée dans la mer.

On courut à sa cabane : on trouva sa robe, son chapeau, ses bottines, tout son habillement !

Le mari poussa un cri d'épouvante ; il ne savait pas nager, mais tous les nageurs se jetèrent au large. On fouilla la mer à perte de vue, on ne retrouva pas la dame.

L'homme brun voulut demander son opinion à l'homme blond ; mais il était parti ce matin-là, au grand désespoir de la Salamandre, une fille de feu qui brûlait les autres sans se consumer elle-même.

Ce fut une grande émotion, sur toute la plage. Alexandre Dumas fils vint tout exprès de Puys pour étudier cette profonde aventure, et Edmond Tarbé, un autre moraliste, vint tout exprès de Pourville pour que le *Gaulois* fût bien renseigné.

Selon Dumas, la belle noyée avait passé la Manche, selon Tarbé, elle avait pris le train de Paris, — ce n'était pas le train des maris.— Mais, selon tous les baigneurs, elle avait rendu l'âme sous les vagues.

Le mari adorait çà et là sa femme quand il ne dormait pas ; mais, comme tant de maris, il l'aimait sans le savoir. D'ailleurs il croyait aimer Mlle de Jenesaisquoi.

Il attendit muet de désespoir, l'œil fixé sur la mer, que les vagues lui rapportassent au moins sa femme morte puisqu'il ne pouvait plus la revoir vivante.

Mais, sans doute, la mer avait tout dévoré, car rien ne revint au rivage.

Or, quelle était cette femme ?

III

LÉONIE.

ERS la fin de l'Empire, les femmes ne voulaient plus entendre parler que du carnaval.
Elles avaient abusé de toutes les métamorphoses
de la mode. Ce n'était plus amusant pour elles de
traîner des robes à queue, à paniers, à *suivez-moi
jeune homme*. Elles avaient fait le massacre de
toutes les soies ; elles avaient imité jusqu'aux pa-
rapluies ouverts et fermés dans leurs robes-crino-
lines et dans leurs robes-fourreau. Il leur fallait
l'orgie des costumes de théâtre. Or, les bals masqués étaient l'idéal de cette furia nouvelle. Tout
le monde conviait tout le monde au bal masqué.
Ce fut le point de départ de mille et un romans,
— éclats de rire qui s'éteignaient dans les larmes.

La duchesse de Morny avait donné le signal. On se masqua dans les ambassades, à la cour, chez les ministres : *il ne faut pas que la France s'ennuie.* Tout cela finit, hélas ! par le carnaval des révolutions.

Sous la République la France n'a pas voulu perdre ses habitudes carnavalesques. Voilà pourquoi la marquise X — donna une fête vénitienne, un de ces derniers hivers, sous prétexte de pendre sa crémaillère, à son hôtel de l'avenue de la Reine-Hortense.

Ce bal, très-costumé — masqué pour les femmes, était tout un éblouissement. On ne pouvait pas ouvrir de si merveilleux salons ruisselants d'or et peuplés de belles peintures par un simple bal en habit noir : il fallait que tous les siècles y vinssent danser, parader ou rêver dans les costumes qui caractérisent les nations et les âges.

L'âge de fer, qui est toujours l'âge d'argent, était très-habillé, qu'il fût espagnol comme Mme la princesse de M—, ou qu'il fût bohémien comme la belle senora de T—; car il est à remarquer que les jours de bals masqués les Espagnoles se font Viennoises, et les Viennoises, Espagnoles.

Les Anglaises, qui sont nées voyageuses, se font des figures de tous les pays ; mais il n'y a

2.

pas de masques qui puissent empêcher de reconnaître que ce sont des Anglaises. Les Anglaises se font volontiers marquises sous la Régence, dames de la Halle sous Louis XV, ou duchesses sous Louis XVI. Elles se barbouillent de poudre à la maréchale, croyant jeter ainsi de la poudre aux yeux. C'est de la poudre aux moineaux. Quelques-unes, plus chercheuses, parodient la Tallien ou la Récamier, mais elles n'osent pas chausser leurs pieds nus d'anneaux à l'antique, ni habiller leurs épaules de camées incomparables; ce n'est pas la pudeur du nu, c'est la pudeur de ne pas montrer un assez joli pied et des épaules tombantes, sculptées dans une chair de marbre.

On acclama une jeune fille qui était vêtue en double croche; Mme Terpsichore ne descendait pas précisément de l'Olympe, mais elle avait passé pour s'habiller par le Parnasse de l'Opéra. Ses jupes étaient faites de papier de musique; les airs de danse, de Verdi, de Meyerbeer, de Gounod et d'Offenbach, couraient gaiement autour d'elle. Je crois même qu'on lisait à livre ouvert sur son corsage la musique de l'avenir. On disait que c'était une cantatrice du lendemain : la belle, l'adorable, la merveilleuse Madeleine ***.

Un homme d'esprit s'était déguisé en buisson,

ce fut une belle entrée que cette aubépine du mois de mai. On trouva cela fort joli, mais au bout de quelques minutes, ce beau buisson était fort en peine, car tout le monde le fuyait : « Prenez donc garde, buisson, vos épines accrochent mes dentelles, vos épines me déchirent la main. » Et le buisson roulait sur lui-même, obligé d'avoir autant de mots qu'il avait d'épines. On ne voulait pas danser avec lui, et on ne voulait causer avec lui qu'à distance. « Eh monsieur ! disait-il, ai-je donc l'air d'un buisson ardent? »

Mais j'en ai vu de bien plus malheureux. Ceux-là, par exemple, qui, toute la semaine, s'étaient promis de surprendre l'univers par un beau costume à la Henri III ou à la Lauzun, et qui étaient effrayés de leur métamorphose quand ils se voyaient dans les glaces, comme un auteur dramatique à sa première représentation, qui n'a pas prévu le soleil de la rampe, et qui a trop compté sur son esprit.

Les dominos riaient sous le masque et même à visage découvert : les dominos ont trop beau jeu, ils ne sont, pour ainsi dire, que les spectateurs de la fête ; ils ne tiennent pas les premiers rôles, ce qui ne les empêche pas d'avoir les surprises et les bonnes fortunes de l'imprévu.

Pourquoi dans cette fête, où tout était en fête,

les musiciens avaient-ils conservé cet affreux habit noir qui sera toujours funèbre, même au milieu des violons ? Ou ils devraient se cacher dans
quelque décor de feuillage, comme aux fêtes du
Régent, ou ils devraient prendre le gai costume
des fêtes de Watteau.

Mais les musiciens me répondront qu'ils ne
sont pas de la fête, ou plutôt qu'ils ne sont pas à
la fête; il faut les ouïr et non les regarder.

Que si vous êtes envieux de savoir les noms de
l'escadron volant de toutes ces belles mascarades
qui ont retenti joyeusement à l'hôtel de ***, on
vous dira que la princesse T— était en papillon,
la princesse M— étoilée d'or, la duchesse C— en
moissonneuse, la marquise de M— en marquise
Louis XV, Mlle de L— en feu, la comtesse de H—
en Colombine.

Qui donc était en Velléda? Qui donc était en
Jeanne d'Arc? La princesse C— avait voulu être
Polonaise une fois de plus, comme la plus belle
des Italiennes blondes avait voulu être Française
une fois de plus. Mlle du H— avait bravement
habillé la vivandière Louis XV. Il y avait beaucoup de bouquets. Mlle M— était en bleuet, Mlle de
la S— en coquelicot, Mlle H— en bouquetière et
Mlle B— en vergis-mein-nicht — fleur démodée !

Le quadrille des patineurs fut bissé. On causait gaiement et familièrement.

— Il faut bien espérer, dit M. d'Armeville, que ce goût nouveau ne nous donnera pas l'hiver perpétuel ; pour moi, je suis pour la danse espagnole, qui me fait croire au soleil. Voici des femmes habillées en neige, on n'ose pas patiner avec elles de peur de les voir se fondre dans les mains.

— Toutes ces belles mascarades, dit une dame, me rappellent l'histoire de ces jeunes rosières de Salency, de vraies ingénues celles-là, qui allèrent au château voisin prier la comtesse de Bethencourt de leur prêter des voiles blancs : « — Pourquoi faire, mesdemoiselles ? — Madame la comtesse sait que c'est demain la Fête-Dieu, M. le curé est bien aise que nous nous déguisions en vierges. »

— Vois-tu cette Anglaise de Keepseake ?

Un homme qui n'avait rien à faire prit la belle lady au passage,

— Voyons donc que je retourne la page du Keepseake. Tudieu ! quel nuage de dentelles ! Tu n'es pas une femme, mais un point d'Angleterre. Laisse-moi passer sous ta manche.

— Ah ! voilà M. de Myra, qui valse sur son volcan. En vérité, tout Paris est ici.

— Tout Paris ! Mais ceux qui ne sont pas invités sont donc à Pontoise ?

La fête était à son zénith ; c'était le rayonne-
ment des lumières et des fleurs, de la joie et de
l'esprit ; tous les cœurs s'ouvraient dans l'épa-
nouissement de l'amour ; on se croyait transporté
dans un autre monde sans garder aucun souci
de celui-ci ; la musique la plus gaie achevait d'eni-
vrer les imaginations. Il n'y avait que le souper
— car les femmes sont gourmandes — qui pût
ouvrir de nouveaux horizons à cette fête sans pareille.

Mais dans le ciel le plus bleu, il y a toujours
des nuages. Voilà que tout à coup on vint dire au
maître de la maison qu'il y avait chez lui une
femme indigne de ses salons.

Ce fut comme un coup de théâtre, car cette nouvelle se répandit de proche en proche.

— Mlle Léonie ici ! crièrent quelques vertus
outragées, en se couvrant le front de cendres.

Les femmes qui étaient là, grandes dames,
moins grandes dames, quasi grandes dames, s'in-
dignèrent, celles-là surtout qui avaient plus d'une
fois jeté leurs bonnets par-dessus les moulins ;
mais la question, c'est de ne pas perdre le drapeau :
le pavillon couvre la marchandise. Plus d'une

de ces belles indignées trouvait tout simple de nouer des intrigues cousues de fil blanc avec les Don Juan du sport ou du bois de Boulogne, mais elles ne pouvaient admettre qu'une femme compromise, je veux dire mal compromise, eût droit de cité parmi elles.

Que fit le maître de la maison ? C'était un homme d'esprit, il tint conseil avec lui-même.

Les invitations avaient été fort discutées, on avait éliminé toutes les femmes qui n'avaient pas leurs noms dans le livre des bienséances modernes.

Le maître de la maison avait exigé que chaque femme apportât sa carte d'invitation. Il s'était mis en sentinelle dans le premier salon, pour les reconnaître, car il les connaissait toutes. Mais quelques-unes pourtant avaient passé sans dire gare dans le flux des arrivants. Quelle pouvait bien être cette femme audacieuse qui venait ainsi jeter un point noir dans la fête?

Cette femme audacieuse était vêtue d'un domino rose-thé dont le capuchon était trop flottant. Les hommes respiraient en passant la pénétrante odeur de sa chevelure opulente. Comme elle avait de la réplique, elle eut bientôt une cour bruyante.

Mais le nom d'une courtisane célèbre — Léonie

— un peu artiste, un peu fille du monde, —
belle comme le jour et belle comme la nuit, —
tomba et retomba sur elle comme une marque
d'infamie.

Le maître de la maison alla à elle. C'était un
homme trop bien élevé pour lui poser brutalement
un point d'interrogation. Mais il tenta d'une
main délicate de soulever son masque, pour voir
si elle était si jolie que ça, car c'était le bruit qui
frappait toutes les oreilles.

— Ce n'est plus de jeu, lui dit-elle. Quand je
suis entrée, c'était votre droit, mais maintenant,
le mystère est sacré. Vous êtes trop galant homme
pour ne pas me comprendre.

— Je vous comprends, mais je suis curieux. Je
sais bien que je n'ai plus le droit de vous démas-
quer, mais j'adore l'imprévu ; montrez-moi seulement un œil et une dent.

— J'ai le mauvais œil et j'ai la dent méchante.

Le maître de la maison s'aperçut qu'il était en
spectacle; on voulait savoir comment il fallait
mettre cette femme à la porte. Mais, quel que fût
son désir de faire la justice, il avait trop le sentiment de l'esprit mondain pour casser les vitres
mal à propos. Après tout, qui sait si on ne se trompait pas. Et puis, parmi les femmes du monde

tombées dans le demi-monde, il en est plus d'une encore qu'il ne faut pas malmener, à cause de ses attaches héraldiques. D'ailleurs, comme tous les hommes qui vont dans tous les mondes, il avait peut-être affaire à une femme de ses amies : il serait désespéré le lendemain de l'avoir traitée comme une drôlesse.

Cependant il se continuait entre eux une causerie plus ou moins galante, où elle masquait son caractère comme elle masquait son esprit. Mais quoique les femmes soient de profondes dialecticiennes, pour donner le change aux hommes, celle-ci se laissa surprendre par un mot parti du cœur.

Le maître de la maison la reconnut, il n'y avait plus à douter : c'était une femme perdue.

Comment faire ? Le maître de la maison était homme de ressource, il avisa un de ses amis, grand tombeur de femmes, — déjà tombées.

— Mon cher, lui dit-il, je te condamne, par amitié pour moi, à enlever ce joli domino rose-thé, que je viens de voir de près. C'est une très-jolie femme, tu peux te risquer, elle a des rébellions farouches, mais il n'est pas de vertu dont tu ne triomphes. Vas-y donc à fond de train, je ne te donne que cinq minutes pour cette belle action.

— Cinq minutes, comme tu y vas !

— C'est toujours comme ça qu'on enlève les femmes. Si on leur donne le temps de réfléchir, ce sont elles qui enlèvent les hommes.

Quoique la femme au domino rose-thé fût à quelque distance, elle semblait comprendre qu'il était question d'elle, aussi trouva-t-elle tout simple que l'exécuteur des hautes œuvres vînt la saluer.

Le jeu fût-il bien joué ? L'ami du maître de la maison, emporté par le feu d'une passion soudaine, disparut avec la dame au bout de cinq minutes.

Toutes les rosières de la fête respirèrent, le démon était parti, on pouvait se croire revenu aux mœurs de l'âge d'or.

Était-ce par la force de son éloquence amoureuse que le séducteur improvisé avait enlevé la dame ?

Non, ce n'était pas cela. La dame venait de comprendre qu'elle avait fait fausse route. Elle s'était aperçue que les femmes la fuyaient comme une pestiférée, elle qui ne répandait que le parfum de la jeunesse et de la beauté.

Il n'y a pas de joie humaine qui ne se paye par un sacrifice ; le domino rose-thé sentit qu'il était voué aux dieux infernaux de la fête.

Quand l'ami du maître de la maison démasqua la dame dans la voiture, il fut bien étonné de voir qu'elle pleurait à toutes larmes.

— Vous pleurez? lui dit-il.

— Oui, je pleure, répondit-elle. Je vous remercie d'avoir joué cette comédie, mais j'ai compris qu'on me mettait à la porte.

Or, quelle était cette femme ? ? ?

LIVRE II.

LES TROIS BERCEAUX.

I

HISTOIRE D'UNE ENSEIGNE.

UNE sage-femme de la rue de Ponthieu, Mme Rose Dumay, aurait pu répondre à ces trois points d'interrogation.

Elle eût dit, en vous jetant un vif regard et un sourire éveillé :

« Ce sont mes trois duchesses. »

Il nous faut faire un grand pas en arrière; nous aurions peut-être mieux fait de commencer par le commencement, mais les berceaux qui font si bien dans la chambre des mères, ne font peut-être pas si bien sur la première page d'un roman.

Il y a des maisons prédestinées à être le théâtre

d'événements tragiques ou comiques, comme il y en a qui ne sont bâties que pour abriter, dans un cadre bourgeois, les joies intimes de la famille. Dans celles-ci, on naît et on meurt comme tout le monde, loin des grandes secousses des passions, tandis que dans celles-là on traverse les phases les plus romanesques et les plus impossibles.

En 185., une maison à trois étages de la rue de Ponthieu, dont je ne puis dire le numéro, aurait pu, si les murs parlaient, conter de bien curieuses histoires de la vie contemporaine. Combien de mystères de Paris on y a ensevelis, combien de scandales on y a étouffés !

C'était un corps de logis transpercé de fenêtres, porte bâtarde, façade de 1820, à peine ornementée ; mansardes en arrière, chéneau obstrué par des jardins babyloniens ; vraie maison de tout le monde qui ne se distinguait de ses voisines que par une enseigne toute fraîche peinte, représentant une sage-femme en costume de ville, robe de soie noire, chapeau à fleurs, tenant bras tendu un joli bambino qu'elle regardait avec un sourire tout maternel.

Cette enseigne était l'œuvre d'un brave et joyeux garçon qui s'appelait Montjoie, un nom prédestiné, car il est mort de chagrin comme tous les

joyeux garçons. Rappelez-vous Octave Tassaert
et Charles Marchal parmi les peintres, puisque
nous parlons peinture.

Montjoie a éparpillé ses forces au jour le jour,
sans vouloir jamais méditer une heure, tour à tour
peintre, dessinateur et vaudevilliste. On l'a joué
au Palais-Royal et aux Variétés; il a dessiné dans
les journaux de spirituelles caricatures; il a ex-
posé trois ou quatre figures aux Salons officiels ou
aux Salons des refusés, entre autres une Charlotte
Corday, peinte dans le sentiment de Prudhon et
de Greuze. J'ai sous les yeux cette figure, c'est
peut-être tout ce qui restera de lui.

Je me trompe, il restera aussi l'enseigne de la
rue de Ponthieu, car j'ai aussi sauvé ce tableau du
va-et-vient de l'oubli. Voici comment :

Comme je passais un jour rue de Ponthieu, je
vis la sage-femme à la porte de sa maison, qui dé-
ployait son parapluie, pour aller vers une femme
en couches.

Je la reconnus pour l'avoir rencontrée à un de
ces graves événements qui donnaient au monde
un citoyen ou une rosière de plus.

— Bonjour, madame Dumay. La saison est-elle
féconde?

Elle me reconnut.

— Ah! ne m'en parlez pas. On dirait que les femmes n'ont que ça à faire; je suis sur les dents, je n'ai pas dormi de la nuit, sans compter que moi-même je me suis payé un enfant, il y a trois mois. Voyez, je suis encore toute pâle.

— C'est beau la pâleur des mères.

— Oui, mais j'ai perdu mon enfant en nourrice. C'est triste de n'être mère qu'à moitié.

— Dites-moi? qui vous a peint cette enseigne?

— Elle est jolie, n'est-ce pas ?

— C'est un petit chef-d'œuvre de couleur et de sentiment.

— Je crois bien, c'est de Montjoie.

— Comment! Montjoie peint les enseignes maintenant?

— Non, Dieu merci! mais moi je ne suis pas tout le monde : C'est une galanterie qu'il m'a faite.

— Est-ce qu'il est aussi père de famille?

La sage-femme me regarda avec un sourire malin.

— On ne sait pas : ça peut arriver à tout le monde.

Je levai encore la tête pour revoir l'enseigne.

— Ça vous tape dans l'œil. Si vous voulez, nous ferons une affaire.

— Oui, une bonne affaire pour moi : je vous achète cette enseigne.

— Je veux bien, mais à la condition que vous m'en ferez faire une copie.

— C'est dit! Combien voulez-vous?

— Trois cents francs.

— Eh bien! non. J'aime à marchander, je vous donnerai vingt louis.

— Touchez là.

La gaieté rayonna sur la figure de la sage-femme; elle eut bientôt deux larmes dans les yeux, parce qu'une bonne action agitait son cœur.

— Vous savez pour qui ces vingt louis? me dit-elle.

— Je le devine, c'est pour Montjoie. Eh bien, alors, je marchande encore, je vous donnerai vingt-cinq louis.

Je n'ai pas payé cher cette enseigne. D'ailleurs, c'est grâce à cette rencontre que je puis aujourd'hui vous conter l'histoire des *Trois Duchesses.*

Les romanciers sont des confesseurs; mais il faut qu'on vienne à leur confessionnal, et il faut qu'on y vienne de tous les points et de tous les mondes.

Les confessions des sages-femmes ne sont pas les moins curieuses, car devant elles les femmes ne posent pas et ne jouent pas de l'éventail. Combien de mystères du cœur sont dévoilés par ces femmes qu'on n'a jamais mises en scène et qui, pourtant, sont presque de toutes les tragi-comédies.

Mme Dumay était, en ce temps-là, une toute jeune sage-femme, très-aimée des médecins, peut-être parce qu'elle était jolie; peut-être aussi parce qu'elle était bonne. Quoique très-vive, c'était un miracle de douceur avec les accouchées et avec les enfants. Les meilleurs médecins lui avaient conseillé d'avoir chez elle quelques lits au service des mères anonymes, ce qui lui réussissait beaucoup. Elle gagnait, à ce métier-là, huit ou dix mille francs par an, sans rançonner son monde.

Pourquoi s'appelait-elle Mme Dumay? je n'en sais rien. Avait-elle été mariée? Pourquoi pas? Où était le mari? Peut-être chez une de ses amies, peut-être au Père-Lachaise, peu nous importe! elle avait de l'esprit et de l'humour : elle faisait rire ses accouchées dans les moments les plus critiques.

Elle était merveilleusement servie dans sa mission par Mme Thérèse, sa cuisinière, qui était aussi sa femme de chambre, qui était aussi son intendante, car elle lui donnait la clef de sa cave et la clef de sa caisse.

3.

La cuisinière de Mme Dumay était une de ces
braves servantes des anciens temps, qui font leur
service avec passion. Cela ne se trouve plus guère
à Paris ni ailleurs. Thérèse avait trente ans, elle
ne songeait plus aux amoureux, son idéal était la
caisse d'épargne. Elle se levait matin et se couchait tard, quand elle se couchait. Elle adorait les
enfants et se croyait presque mère de famille, à
force de laver le nez et de baiser les joues aux enfants des autres. Elle n'avait qu'un luxe, le com-
mérage; mais pourtant elle était discrète comme
un confessionnal, selon son expression. C'était
une fille toute ronde et toute rouge, que n'avait
jamais travaillé la mélancolie. Elle avait un amour
de chien pour sa maîtresse, qui la traitait souvent
comme un chien, mais qui souvent aussi la traitait comme une camarade. Aussi disait-elle : « Je
me ferais couper la tête pour cette femme-là. »

Montjoie, qui dînait souvent chez Mme Dumay,
disait qu'il n'avait jamais trouvé une si bonne
femme ni une si bonne cuisinière.

Aussi, quand mourut Montjoie, ce fut une
grande douleur dans la maison. « C'était comme
un de nos enfants, » dit la cuisinière.

II

LES TROIS MÈRES ANONYMES

LE 16 avril 185., les voisines de Mme Dumay, voisines des boutiques, voisines d'en face, voisines d'en haut, voisines d'en bas, lesquelles ne se faisaient pas prier, pour mettre la tête à la porte ou à la fenêtre, parce qu'à Paris tout est spectacle, virent arriver, dans l'espace d'une matinée, chez la sage-femme, trois clientes de bonne maison, à en juger par leur air de tête, aussi bien que par leur habillement.

Ces trois femmes n'étaient pas d'ailleurs du même monde. La première, qui se donna, en entrant, le titre de comtesse, n'avait pourtant pas une figure très-héraldique, quoique cette figure pâle exprimât l'intelligence. Elle conta à Mme Dumay qu'elle

avait vingt-huit ans, que son mari s'était obstiné
à rester dans ses terres, qu'il ne lui pardonnerait
pas un amant, surtout si elle mettait un enfant
dans la maison ; elle venait donc accoucher dans
le plus strict incognito, promettant d'être géné-
reuse si la sage-femme était discrète et si elle sau-
vegardait l'enfant, qui serait confié à une nourrice,
mais qu'elle-même n'abandonnerait pas.

Comtesse ou non, la sage-femme lui donna tout
de suite l'hospitalité, en lui disant qu'il n'y avait
pas de temps à perdre, car elle était bonne physio-
nomiste : elle voyait tout de suite, par les con-
tractions de la figure, les approches de la maternité.

A peine une heure après, survint une comédienne sans nom et sans famille, Mlle Héléna ;
celle-ci n'avait rien à cacher, mais comme elle
n'avait pas de quoi accoucher chez elle, elle apportait toute sa fortune, cent vingt francs, pour
avoir droit d'asile. Quoiqu'elle fût très-rieuse et
qu'elle prît gaiement la chose, elle ne pouvait s'empêcher, tout en causant, de crier un peu, car elle
arrivait au moment fatal.

La sage-femme lui fit quelques représentations :
elle lui dit que c'était beau d'être mère, quand on
avait toutes les prérogatives de la mère. — Mais

pour une gamine comme vous, c'est un malheur irréparable. Vous ne risquez rien de prier Dieu pour qu'il vous fasse plus sérieuse.

— Ma foi, dit Mlle Héléna, je serais ici depuis une heure, si je n'étais entrée à la Madeleine. Je vous jure que je me suis agenouillée en pleurant, et ce n'est pas pour moi que j'ai prié, c'est pour cette pauvre petite créature qu'il faudra mettre aux Enfants-Trouvés.

— C'est comme ça que le théâtre est l'école des mœurs ! Puisque je vous connais, je ne vous mets pas à la porte; mais n'y revenez pas, petite misérable, car vous n'avez pas encore vingt ans.

— Ne m'en parlez pas, un peu plus je me jetterais par la fenêtre; mais M. Scribe m'a promis un rôle dans sa première comédie.

— Voilà comme vous êtes; si Dieu vous promettait un rôle ! vous ne voudriez pas le jouer.

Mme Dumay avait mis la comtesse anonyme dans sa meilleure chambre; elle mit la comédienne dans sa plus mauvaise. Non pas qu'elle se trouvât mal payée, mais parce qu'elle savait que Mlle Héléna avait eu des hauts et des bas qui lui donnaient de la philosophie. D'ailleurs, quand on va accoucher, on ne demande pas un lit de roses.

La sage-femme était à peine revenue dans sa salle

à manger, pour se mettre à table devant un œuf à
la coque et une salade de pommes de terre, qu'une
nouvelle venue sonna à la porte.

— Ah ! par exemple, dit Mme Dumay, voilà qui
dépasse la permission !

Cette fois elle ne se dérangea pas. Sa cuisinière
lui amena bientôt une grande fille blonde et rouge,
qui avait l'air de porter un monde devant elle.
C'était une provinciale, une demoiselle qui s'en
était laissé conter par son cousin. Elle avait eu
beau pleurer toutes ses larmes, il lui fallait payer
sa faute. Sa famille l'avait expédiée mystérieusement à Paris, quoique dans son pays tout le monde
sût l'aventure. Mais son père était inflexible, il
repoussait à la fois le mari et l'enfant, dût sa fille
en mourir de chagrin. Mlle Caroline Darblé n'a-
vait par attendu les derniers jours pour venir
se cacher à Paris. Pendant trois mois, elle s'était
réfugiée dans un petit hôtel de la rue du Vieux-
Colombier, mais l'heure était venue; on lui avait
vanté Mme Dumay comme ayant la main heureuse, elle arrivait donc en toute confiance.

Des trois nouvelles venues, c'était pour Mme Dumay la moins sympathique, aussi ne fit-elle pas de
façon pour aborder la question d'argent.

— Oh ! ne craignez rien, dit la jeune provin-

ciale, je ne marchanderai pas avec vous, d'autant
plus que j'achète en même temps votre silence.

La sage-femme mit ses doigts sur la bouche.

— Oh! mon silence, je ne le vends pas. Je vous
parle d'argent parce qu'il me faut vous sacrifier
ma chambre. Toute la maison est occupée, je vois
avec plaisir que le monde n'est pas en train de
finir.

Quoique la chambre de la sage-femme fût en
pur palissandre, un vrai luxe vers 185., la jeune
provinciale n'eut pas du tout l'air ébloui, surtout
quand Mme Dumay donna l'ordre d'enlever la
carpette pour dresser un lit de fer entre les deux
fenêtres.

— Voyez, ma chère enfant, dit-elle à Mlle Darblé, la belle glace sur la cheminée! On me dit
que c'est vénitien, on m'a donné ça comme quelque chose de rare. Mais regardez donc.

— Oh! madame, je ne veux pas me voir, d'ailleurs; depuis neuf mois, je suis devenue laide à
faire peur.

— Pas tant que ça. Allons, ne jetons pas le
manche après la cognée. Si ça commence par en-
laidir, ça finit par donner plus d'expression. Vous
verrez que vous serez plus belle après la cérémonie.

La cuisinière, qui avait déjà roulé la carpette, poussa un soupir :

— Oh, mon dieu! mon dieu! qui 'reconnaîtra tous ces enfants-là?

III

LA TENTATION

 A sage-femme, qui était retournée dans la salle à manger, revint sur ses pas.

— A propos, mademoiselle, que ferez-vous de votre héritier? demanda-t-elle à la provinciale.

La jeune fille garda un instant le silence. Elle pensa que cet héritier ne ferait plaisir ni à son père, ni à son cousin, ni à elle-même; le beau sentiment de la maternité n'était pas même en germe dans son cœur, car elle répondit à la sage-femme :

— Je suis forcée de l'abandonner.

— Ainsi va le monde! murmura la sage-femme. Dans quelques mois on se mariera, on aura d'autres enfants qu'on nourrira de son sein, pendant

que le premier ira vaille que vaille à travers tous
les hasards de l'abandon. Mais je ne dis pas ça
pour vous accuser, c'est la faute des hommes.

Ce ne fut pas tout. Le surlendemain, un peu
après la tombée de la nuit, deux chevaux anglais
traînant une ancienne berline aujourd'hui démodée, s'arrêtèrent rue de Ponthieu devant la maison
de la sage-femme.

Un personnage mystérieux tout habillé de
noir, avec une physionomie plus sombre encore,
sonna à la porte de Mme Dumay.

Ce personnage n'était pas si noir qu'il en avait
l'air : c'était le marquis d'Armeville, un homme
du meilleur monde, — s'il y a un meilleur
monde, — surnommé *l'ami des princes.*

Quand il entra chez la sage-femme, elle assis-
tait alors la comédienne, qui poussait des cris
lamentables.

Elle vint pourtant à la rencontre du marquis,
mais dans un beau désordre.

— Mme Dumay?

— C'est moi, monsieur.

— Il paraît que vous êtes occupée.

— Ah oui! il y a là quelqu'un qui est à son
quart d'heure de Rabelais.

On voit que Mme Dumay fréquentait les ateliers de peintres.

— C'est que je venais vous chercher.

— Oh ! je suis retenue ici de force. J'ai là deux femmes sur le flanc : une qui est accouchée et une qui va accoucher.

— On m'avait dit cela ; mais on m'a dit aussi que vous aviez une suppléante.

— Oui, mais nous ne sommes pas trop de deux contre trois.

A ce moment, on entendit un grand cri.

— A la bonne heure, reprit Mme Dumay, en se précipitant vers la chambre de la femme en couche, c'est un cri de délivrance.

Elle ne se trompait pas.

La comédienne venait de mettre au monde une petite fille.

Mme Dumay revint tout de suite dans l'antichambre.

— Voilà qui est fait, dit-elle. Si vous ne devez pas m'emmener bien loin, je crois que je puis aller avec vous. Tout à l'heure je croyais qu'il fallût y mettre les fers ; enfin, grâce à Dieu, tout s'est bien passé. Mais je vous en prie, monsieur, entrez donc ici.

La femme de chambre précéda M. d'Armeville dans la salle à manger.

— Voyez-vous, monsieur, je ne vous fais pas entrer dans le salon, parce que depuis deux jours le salon est une chambre à coucher.

Et d'un air de mystère :

— J'ai là une femme du monde qui a dit à son mari qu'elle allait passer les fêtes de Pâques chez sa mère. Ce n'est pas moi qui la trahirai.

— Est-ce qu'elle est accouchée aussi d'une fille ? demanda le marquis.

— Oh! mon Dieu, oui. Une vraie miniature; c'est blond, c'est rose, c'est joli à croquer.

— Et l'autre accouchée, est-ce qu'elle a aussi une fille?

— Non, celle-là a eu un garçon, mais elle n'en sait rien, car elle a failli mourir en le mettant au jour. Elle dort depuis que c'est fini. Ah! quel garçon! il en ferait plutôt deux qu'un. Il semble bien heureux d'être au monde, car il n'a pas poussé un cri. Quand il s'éveille, c'est pour teter, car j'ai là une nourrice pour trois. Quand il détache ses lèvres du sein, c'est pour dormir. Ce n'est pas comme la petite fille, qui sait déjà toutes les chansons.

— Et qu'est-ce qui est la mère de cet enfant?

— Une belle provinciale qui payera pour la comédienne.

— Une comédienne sans le sou?

— Que voulez-vous! je ne choisis pas mon monde; quand on est accoucheuse, on prend les femmes qui accouchent.

— Et le père de tous ces enfants?

— Oh! pour cela, ni moi non plus. C'est le secret de la comédie. Ce qui est certain, c'est que la comédienne veut mettre son enfant au Mont-de-Piété.

— Mais on ne prête pas là-dessus.

— Soyons sérieuse, j'ai voulu dire que c'était un nouveau-né pour les Enfants-Trouvés, comme le fils de la provinciale. Mais je la garderai, et un jour je lui dirai : Voilà votre fille ! Car elle a bon cœur.

Le marquis regarda fixement Mme Dumay.

— Madame, vous serait-il agréable d'avoir vingt-cinq mille francs?

— Voilà une question insidieuse. Que faut-il faire pour cela?

— Il faut venir avec moi.

— Où?

— Chez une dame qui accouchera cette nuit;

mais il me faut avec vous un enfant nouveau-né du sexe masculin.

— Ah! c'est tout ce qu'on demande pour ses états de service!

— Oui. Dépêchons-nous, car si vous ne voulez pas m'accompagner, j'irai rue de la Madeleine.

— Je ne refuse pas les vingt-cinq mille francs, mais s'il vous faut un enfant par-dessus le marché, ce n'est pas cher.

— Oh! l'enfant ne sera pas perdu. D'abord, si la grande dame qui va accoucher a un fils, on vous le rendra; si elle a une fille, on vous la donnera à garder.

— Oui, un troc. J'ai déjà vu ça au théâtre.

— Ce sont les choses qu'on a vues qu'on voit encore et qu'on verra toujours. En un mot, avez-vous un garçon sous la main?

— J'ai celui qui est là à côté, prenons-le. Puisque sa mère ne l'a pas vu, je lui dirai que c'est une fille.

— A merveille! On m'avait dit d'ailleurs que si vous n'aviez pas d'enfant sous la main, vous en trouveriez un dans la soirée.

— Il y a enfant et enfant. On ne peut pas prendre le premier venu pour en faire un personnage, car je vois bien ce que c'est!

La sage-femme, tout en écoutant d'une oreille, écoutait aussi les bruits de sa maison. Elle retourna vers la dernière accouchée avec quelque inquiétude.

— Ce n'est rien, dit-elle en revenant bientôt. Ma suppléante, comme vous dites, montera la garde. D'ailleurs, j'ai une servante qui sait quasi mon métier. En avons-nous pour longtemps?

— Peut-être pour toute la nuit. Mais comme je vais vous donner vingt-cinq mille francs, vous aurez de quoi payer un médecin pour vos trois accouchées s'il y a quelque anicroche.

Le marquis d'Armeville passa vingt-cinq billets de mille francs à Mme Dumay, qui les prit sans compter et qui les mit tout doucement dans son corsage, où il n'y avait pourtant pas beaucoup de place.

— Voyez, dit-elle, je ne fais pas de façons.

Dans ce temps-là, ses plus beaux accouchements ne lui étaient payés que cent francs. Elle pensait qu'il lui faudrait mettre au monde un régiment pour gagner les vingt-cinq mille francs qu'on lui apportait tout d'un coup.

Le marquis lui expliqua combien sa mission était délicate.

— Voyez-vous, lui dit-il, il faut bien mettre les

points sur les *i*. Nous allons partir avec l'enfant dans vos bras. Ayez une large pelisse pour le cacher. Arrangez-vous pour qu'il dorme comme une souche. Nous trouverons là-bas, près du lit de la femme en mal d'enfant, un médecin qui est dans la confidence. Si elle met au monde un garçon, vous ne montrerez pas celui que nous emportons ; si, au contraire, c'est une fille, vous direz tout haut, car il y aura du monde dans la chambre : « Oh ! le beau garçon ! » Et, avec l'agilité d'une prestidigitatrice, vous déposerez le garçon et vous emporterez la fille. Le médecin se chargera du reste. On dira que vous vous êtes trouvée mal, ce qui vous dispensera de reparaître.

La sage-femme demanda ce qu'elle ferait de la petite fille.

— Vous descendrez avec elle, vous retrouverez ma voiture et vous direz au cocher de retourner chez vous. Demain je vous donnerai des ordres. Mais d'ailleurs j'espère toujours que la dame accouchera d'un garçon.

Mme Dumay, qui voyait la chose de loin, fit boire au bébé de l'eau de pavots pour qu'il dormît profondément.

On se mit bientôt en route. La sage-femme s'était si bien fagotée, qu'en cachant dans sa

pelisse le petit garçon, elle ressemblait à une
femme opulente, majestueusement drapée.

Une heure après on n'était pas encore arrivé.
Le marmot dormait profondément.

— Ce n'est pas de jeu, dit gaiement la sage-
femme en se voyant en pleine campagne. Vous ne
m'aviez pas dit que nous allions hors Paris. Les
médecins qui vont en province se font payer
double, je suis sûre que vous me ferez une surprise en me donnant cinquante mille francs.

Et comme le marquis tout pensif ne répondait
pas, elle poursuivit :

— Je vois bien ce que c'est : c'est un grand
nom qu'on ne veut pas laisser tomber en que-
nouille. Qui sait, il y a à Paris une demi-dou-
zaine de rois étrangers à qui la révolution fait
des loisirs. L'enfant que je tiens dans mes bras
montera peut-être sur le trône.

— Pourquoi pas! dit le marquis.

— J'ai entendu dire que nous avions nous-
mêmes de futurs monarques changés en nourrice.

La berline s'arrêtait alors devant la grille d'un
petit parc.

Où était-on? à Versailles ou à Ville-d'Avray? à
Sceaux ou à Antony? Peut-être était-on tout sim-

4

plement au Parc-des-Princes? Peut-être encore
avait-on fait beaucoup de chemin pour aboutir à
la grille d'un des hôtels de l'avenue Gabriel? On
avait pu parcourir en divers sens le bois de Boulogne pour faire croire qu'on allait au bout du
monde? Quoique Mme Dumay eût un œil de
lynx, la nuit était si sombre qu'elle ne se retrouvait pas.

Le marquis d'Armeville lui donna la main à
travers les rapides détours du petit parc.

— Voyons, lui dit-elle avec sa familiarité enga-
geante, dites-moi où nous sommes. Je suis sérieuse et discrète. Pourquoi me faire des ca-
cheries?

Mais le marquis d'Armeville ne répondit pas.

Mais presque aussitôt il dit d'une voix ferme :

— Il vous arriverait malheur si vous vous avi-
siez de parler quand vous avez juré de vous taire!

— Je suis une honnête femme, monsieur.

Le marquis expliqua à Mme Dumay tout ce
qu'elle devait faire : l'enfant resterait sur un lit,
gardé par le marquis d'Armeville. Elle suivrait le
duc dans la chambre où devait accoucher sa
femme; le médecin causerait avec elle; elle finirait son office d'accoucheuse sans s'inquiéter de
quelques personnages dont elle verrait à peine les

têtes par-dessus le paravent. Le paravent les em-
pêcherait de voir ce qui se passerait dans le lit au
moment de la délivrance. Si c'était une fille, on
garderait le silence autour du lit. La sage-femme
irait en toute hâte chercher le fils de la provinciale, sous prétexte d'aller chercher de la ouate;
la porte sous tenture pratiquée près du lit resterait ouverte; elle reparaîtrait en masquant l'enfant, elle le déposerait tout nu près de la mère et
emporterait la petite fille, pendant que le médecin crierait tout haut : « Dieu soit loué, nous
avons un garçon! »

IV

LES JEUX TRAGIQUES DE LA DESTINÉE

MADAME Dumay arriva bientôt devant un perron majestueux où se présenta un domestique en belle tenue, qu'on avait oublié d'envoyer se coucher.

Dès qu'elle fut dans l'antichambre, cet homme lui proposa de mettre sa pelisse au vestiaire.

— Non, non, dit rapidement M. d'Armeville, la sage-femme ôtera sa pelisse là-haut.

L'enfant se conduisait bien sous la pelisse. On avait entendu en route quelques vagissements, mais grâce à la décoction d'eau de pavots, il dormait profondément.

Comme Mme Dumay montait lentement l'escalier, le marquis lui dit :

— Prenez garde de trébucher.

— Ne craignez rien, j'ai le pied montagnard, je monterais au ciel tout d'un trait.

— Eh bien, que Dieu vous conduise.

— Avez-vous remarqué, monsieur le marquis, comme la maison est illuminée là-haut? C'est donc bien décidément un prince qui va venir au monde?

— Qu'est-ce que cela prouve? Vous savez bien que le prince des princes est né dans une étable.

Les trois voyageurs entrèrent dans un petit salon qui séparait la chambre à coucher du maître de la maison de celle de sa femme.

— Ah! voilà le duc, dit le marquis.

En effet, un personnage venait d'apparaître à la porte.

La sage-femme, qui avait de l'œil, le reconnut tout de suite pour un grand de ce monde. Elle se dit qu'elle avait déjà vu ce monsieur-là dans la bonne compagnie où elle allait les jours d'enfantement, quelquefois même en consultation avec un médecin célèbre qui vantait sa science innée. Elle était née sage-femme comme d'autres naissent cuisinières.

Le maître de la maison, dont nous cacherons le nom sous le pseudonyme du duc de Marigny,

4.

— c'était d'ailleurs un duc et un prince, — pria la sage-femme de passer dans sa chambre.

Quoiqu'elle eût l'art de porter l'enfant sous sa pelisse et sous son bras, à la manière américaine, il vit tout de suite qu'elle était nantie. Quand elle fut passée avec le marquis, quand il eut refermé la porte en poussant un petit verrou impercep-tible, il dit à demi-voix :

— Voyons cet enfant !

Mme Dumay déposa l'enfant dans sa robe de ouate.

— Voyez, monsieur, dit-elle en entr'ouvrant cette robe toute primitive, n'est-ce pas que c'est là un beau garçon ?

— C'est bien, dit le duc.

— Il n'a pas encore bon pied, bon œil, mur-mura Mme Dumay, mais il promet, car il est gourmand. Il lui faudra quatre seins pour teter.

— On ne pouvait pas mieux tomber, dit le mar-quis d'Armeville. Je l'ai vu de la tête aux pieds ; cclui-là est né pour vivre.

— Voilà ! voilà ! se hâta de dire la sage-femme.

Elle mit le bambino tout nu sous les yeux du duc.

— Le marquis vous a dit votre rôle ? reprit le duc. Celle qui sans doute accouchera cette nuit sait bien ce qui doit se passer ; mais, hormis elle, hormis moi et mon ami, hormis le médecin et vous-même, nul ne le saura jamais.

L'enfant se mit à crier.

— Chut !

La sage-femme le reprit et le berça dans ses bras.

— Oui, oui, dit le duc, celui-là n'a pas l'air d'être venu au monde pour n'y pas rester.

Le duc se tourna vers le marquis et donna des instructions plus précises :

— Vous avez bien dit à madame tout ce qu'elle avait à faire ? Vous seul avec elle entrerez dans ma chambre. Quand vous serez ici, elle sera là-bas auprès de ma femme ; quand vous serez là-bas, elle sera ici auprès de l'enfant ; mais il faut qu'elle soit présente à l'accouchement, moi-même je l'avertirai. Vous, mon cher ami, vous vous tiendrez à la porte avec le petit garçon. Si ma femme accouche d'une fille on fera la substitution en un instant, si elle accouche d'un garçon, Dieu soit loué, la sage-femme gardera les vingt-cinq mille francs et s'en retournera chez elle avec ce bébé.

Le duc conduisit Mme Dumay dans la chambre de l'accouchée qui en était aux grandes douleurs. Ce qui frappa surtout le regard de la sage-femme, ce furent quatre personnages, cravate blanche et habit noir, qui apparaissaient çà et là. Ils devisaient silencieusement à la cheminée. Ils n'avaient pas l'air de s'amuser beaucoup, car ils semblaient dire par leur physionomie que l'enfant se faisait attendre; — l'exactitude est la politesse des rois; — c'était peut-être un roi qui allait venir.

La sage-femme regarda avec sympathie celle qui pâlissait sous les douleurs de l'enfantement. C'était une jeune femme d'une beauté 'grave et pensive; elle avait beaucoup pleuré et pleurait encore. Mme Dumay lut sur sa figure comme à livre ouvert, que ce n'était pas la douleur qui arrachait ces larmes-là. La pauvre mère avait pleuré et pleurait à l'idée que peut-être il lui faudrait sacrifier plus ou moins son enfant à elle et sourire à un enfant étranger.

— J'ai compris, dit la sage-femme en lui serrant la main, mais rassurez-vous, madame, il y a un Dieu pour les mères et pour les enfants.

Mme Dumay qui aimait à s'amuser de tout ne s'amusa pas alors, car elle se sentait dans une tragi-comédie où il lui fallait jouer son rôle en toute gravité.

Elle ne put s'empêcher pourtant, pendant les

douleurs de l'enfantement, de regarder plus d'une fois par-dessus le paravent, les quatre personnages allant et venant de la chambre à coucher à la serre où ils pouvaient fumer et parler plus haut.

Les prescriptions du duc furent suivies à la lettre. La mère, qui souffrait déjà depuis midi, et qui avait senti les grandes douleurs vers le soir, accoucha à trois heures du matin. Au premier cri de délivrance, Mme Dumay, la présence d'esprit faite femme, s'écria : « C'est un garçon. »

Mais c'était une fille !

Comme les personnages de la cheminée auraient pu s'approcher, elle leur fit signe de la main d'attendre un instant.

— Donnez-moi au moins le temps de vous présenter le nouveau-né dans toute sa beauté.

Disant ces mots, elle leva avec intention la tête de la petite fille au-dessus du paravent, mais en présentant la face à la mère.

Il fallait bien que la pauvre femme vit la vérité.

Le marquis d'Armeville attendait à la porte, avec l'enfant de la provinciale. La sage-femme n'eut qu'à se tourner vers lui pour faire la substitution. Et elle fit cela comme un tour de passe-passe.

Le duc, qui allait sans cesse au lit et à la cheminée, parlait tout haut, des deux côtés, ce qui acheva de masquer la vérité.

Aussi nul doute ne s'éleva dans l'esprit des spectateurs, quand la sage-femme éleva d'un air triomphant sous leurs yeux le petit garçon substitué à la petite fille.

Le médecin dit à Mme Dumay qu'elle pouvait retourner chez elle.

Elle rejoignit le marquis d'Armeville dans la chambre du duc.

— Voilà qui est fait et bien fait, dit-il quand elle eut enveloppé d'ouate la nouvelle venue.

— Il était temps, monsieur le marquis.

— Oui. Je ne vous dissimule pas que nous avions une autre sage-femme et qu'elle nous a fait faux bond; ou plutôt, au dernier moment, nous n'avions pas encore confiance en elle. C'est le médecin qui m'a conseillé de courir chez vous, en me disant : « Celle-là est une rude gaillarde. »

— C'est qu'il m'a vue à l'œuvre. Dites-moi, que vais-je faire de cette petite fille?

— Vous allez lui donner chez vous la meilleure nourrice. Car il ne faut pas la mettre aux Enfants-Trouvés celle-là !

Le marquis regarda la petite fille.

— Pauvre petite, elle est très-gentille. Ce que c'est que la destinée !

— La destinée ! ce sont les hommes qui font la destinée ; quand ça tourne mal ils disent que c'est Dieu.

La petite fille criait.

— Chut ! chut ! chut ! reprit la sage-femme en la berçant dans ses bras. Ne pleure pas sitôt. Est-ce que tu sais déjà ton sort ?

Elle lui versa sur les lèvres quelques gouttes de la décoction de pavots qu'elle portait dans une bouteille.

— Bravo ! elle boit comme une ivrogne. C'est là qu'on reconnaît le beau sexe au point de départ, mais plus tard les hommes prennent leur revanche.

Cinq minutes plus tard la berline retournait vers Paris. Le marquis avait dit à Mme Dumay qu'il irait la voir dans la journée pour lui porter des instructions précises. Quoique les chevaux marchassent d'abord à regret, ils eurent bientôt remis Mme Dumay chez elle, parce qu'ils avaient fini par s'emporter dans leur impatience.

La sage-femme n'était pas bien contente d'avoir vingt-cinq mille francs de plus, car sa conscience était troublée ; elle s'avoua qu'elle avait agi à la légère : elle avait accepté sa part de complicité

dans une ténébreuse affaire. Peut-être elle faisai
le bonheur du fils de la provinciale, qui n'avai
aucun droit à cette fortune inespérée d'être ur
grand de ce monde; mais ne faisait-elle pas le mal
heur de cette pauvre petite fille qu'elle rapportai
sur son sein ?

Elle se rassurait en se disant qu'elle n'était que
passive en cette aventure; si elle avait refusé de
faire ce qu'on lui demandait, aurait-elle empêché
cette substitution ? Le marquis d'Armeville fût
allé ailleurs. Beaucoup de sages-femmes n'y eus-
sent pas regardé de si près. Beaucoup de mères
elles-mêmes se fussent prêtées à cette comédie
pour faire le bonheur et la fortune de leur enfant.

Il y a encore des mères qui s'imaginent que
le bonheur est en haut, tandis qu'il est à mi-
côte.

— Tant pis, dit Mme Dumay, c'est fait, il n'y
a plus à y revenir; mais je jure devant Dieu que
je sacrifierai ma vie à l'enfant que je rapporte chez
moi.

La législation moderne a voulu empêcher ces
substitutions. Mais on n'y réussira que si le médecin est toujours présent à l'enfantement. Et encore il y aura toujours des médecins d'occasion.

On a eu beau prescrire la présence du nouveau-né
à la mairie dans les vingt-quatre heures, on ne
peut pas empêcher les erreurs voulues. Les té-
moins qui déclarent l'enfant savent bien quelle
mère est accouchée, mais ils ne savent que par
la sage-femme si ç'a été d'un fils ou d'une fille.
Supposez deux voisines : une étrangère et une
Française. Il plaît à la Française de déclarer une
fille; il plaît à l'étrangère de déclarer un fils; ne
nous inquiétons pas du motif : rien ne sera plus
aisé si la sage-femme est dans le secret. Il y aura
un garçon et une fille de plus, mais l'État n'aura
pas un soldat de plus. Et la mère française n'en
élévera pas moins son fils et l'étrangère sa fille.

V

LES ENFANTS QUI RESSEMBLENT A LEUR PÈRE

Ès que Mme Dumay eut monté ses deux étages, elle sonna bruyamment. Sa cuisinière
vint lui ouvrir la porte, un enfant dans les bras.

— Ah ! madame, depuis que vous êtes partie,
c'est une vie d'enfer.

— Qu'y a-t-il donc ?

— Les mères pleurent, les enfants crient, je ne
sais plus où donner de la tête. Dieu merci, je n'ai
pas dormi de la nuit passée, voilà le point du
jour, c'est encore une nuit blanche.

La sage-femme était entrée.

— Eh bien, Thérèse, vous dormirez quand
vous serez morte, en attendant, posez votre mar-

motte sur le lit et prenez celle-ci. Il faudrait bien
la tremper dans l'eau. Vous avez du feu?

— Je crois bien, tout cela demande à boire, les
enfants comme les mères.

Mme Dumay avait entr'ouvert sa pelisse, elle
souleva la fille de la duchesse, toute entortillée
dans la ouate.

La petite se mit à crier.

— Bravo! dit la cuisinière, voilà le charivari
qui continue; si on priait la nourrice pour trois
de lui donner à teter.

— Non, un peu d'eau sucrée à la fleur d'orange.
Mais dépêchez-vous de la faire belle, car on viendra la voir aujourd'hui. Dès qu'il fera jour, vous
irez lui acheter des langes, des brassières et des
bonnets, quelque chose de chic, car c'est une demoiselle de bonne maison.

Tout en parlant, la sage-femme passa dans le
salon pour tâter le pouls à la femme du monde,
de là elle alla vers la jeune provinciale, enfin elle
finit par la comédienne.

— A la bonne heure! dit-elle, je vois que tout
va bien.

La comédienne dormait profondément.

— Que parle-t-elle de charivari, cette idiote!

La sage-femme questionna sa suppléante.

Tout s'était bien passé, on n'avait pas eu besoin d'aller chercher le médecin.

La femme du monde avait eu quelque peu le délire dans sa fièvre de lait, la provinciale avait sangloté en pensant à son amoureux, la comédienne, qui voulait oublier sa fille, avait déjà chanté *la Belle Hélène*.

Quand la sage-femme vit que les mères ne donnaient plus d'inquiétude, elle alla se jeter tout habillée sur le divan de son cabinet de toilette.

Elle n'était pas couchée depuis cinq minutes qu'elle rêvait déjà d'une villa à Montmorency avec un âne, une vache et un cochon. C'était l'idéal de Mme Dumay. Cela n'a l'air de rien, mais c'est une fortune pour beaucoup de Parisiennes, qui tiennent cour plénière dans une basse-cour.

Quand elle s'éveilla, il était onze heures, le soleil traversant les persiennes disjointes la baisait galamment sur le front. Quoiqu'elle ne fût pas bien coquette, elle alla droit à son miroir pour se reconnaître après une nuit si agitée. Son premier mouvement, le mouvement du cœur, fut de porter la main à son corsage, qu'elle avait amplifié par les vingt-cinq billets de banque.

Elle frappa dessus gentiment en disant :

— C'est là.

Elle se sourit à elle-même.

— Eh! ma foi, je ne suis pas encore trop dé-
chirée. Maintenant que j'ai une dot, je pourrais
bien trouver un amoureux pour en faire un mari.

Comme elle entendit crier les enfants, elle mit
de côté ce beau rêve.

— Mais je ne suis pas au bout de mes peines !
dit-elle.

Et elle alla dans la petite chambre de la cuisinière.

J'ai oublié de dire qu'il n'y avait pas dans la
maison un amoncellement de toile de Hollande ;
on y faisait un si effroyable massacre de langes et
de couches qu'on n'en avait jamais assez sous la
main, si bien que la cuisinière, pour ne pas faire
de jalouse, après avoir lavé devant un grand feu
les trois petites filles, les avait gaiement roulées
ensemble dans la couverture de son lit.

Or, quand Mme Dumay entra, elle vit ce joli
spectacle de trois enfants tout nus qui attendaient
leurs nourrices.

Ceux qui n'aiment pas les enfants ont horreur
des nouveau-nés. Ils les comparent à des homards
au sortir du chaudron ; mais ceux qui aiment les
enfants les admirent en leurs premiers vagissements.

Certes, ces trois petites filles ne jouaient pas
encore de l'éventail ; elles n'avaient pas jusque-là
pensé à faire les mines de Célimène ni à secouer
sur leurs joues trop carminées la poudre à la maréchale, mais la nature, qui a ses éloquences, ne
leur donnait-elle pas déjà quelques amorces et de
la beauté !

Quoi de plus charmant que ces petites mains
avec leurs quatre mignonnes fossettes, leurs ongles roses, leurs mouvements primitifs ! et ces
pieds en miniature dont la forme est exquise ! et
ces jambettes potelées ! et ces bras ronds et dodus
qu'elles ne retrouveront peut-être pas si finement
modelés à vingt ans !

Les cheveux sont déjà plantés comme une forêt
naissante où la lumière se joue dans les fines
broussailles. Quoi de plus parfait que ces oreilles,
ces jolies coquilles marines d'un dessin si pur et
si miraculeux ! Les yeux eux-mêmes, quoiqu'ils
n'aient pas encore de regard, sont doux comme
un ciel bleu quand le soleil se cache sous un
nuage. On peut déjà prédire le caractère futur du
visage, si on a le sentiment de la physionomie ; la
bouche ne rit pas encore, mais elle est bien ou
mal coupée, comme les sourcils sont bien ou mal
arqués. L'œil sera voluptueusement ombragé ou

naïvement découvert; les lèvres seront fines ou charnues; elles exprimeront la douceur ou la passion. Il y a déjà là toute une étude de l'avenir. C'est qu'il y a des prédestinations qui s'accusent au premier jour.

Rassurez-vous, je ne vais pas vous dire la bonne aventure des trois petites filles.

La sage-femme pâlit devant ces enfants couchés pêle-mêle sur le lit de Thérèse.

La cuisinière, voyant sa maîtresse inquiète, l'interrogea du regard.

— Voyons, Thérèse, vous êtes folle! Laquelle est ma petite duchesse?

Thérèse fut interdite; pour elle, un enfant, c'était un enfant. Elle ne trouva pas un mot à répondre.

— Mais, parlez donc!

— Est-ce que vous ne la reconnaissez pas, madame?

— Je l'ai à peine entrevue. On l'a roulée dans la ouate et je l'ai emportée dans ma pelisse. J'ai beau la chercher parmi ces trois enfants, je ne la reconnais pas.

Et la sage-femme retournait les trois petites filles comme des poupées.

— C'est sans doute celle-là, dit-elle tout à coup, en indiquant la plus délicate.

— Oh! non, madame, il me semble que c'est la fille de cette comtesse qui se cache.

— Alors, c'est celle-ci?

— Ah! pour celle-là, non, car il me semble que c'est la fille de la comédienne.

— Alors, vous croyez donc que c'est celle-là?

— Ma foi, je n'en jurerais pas sur ma tête.

Mme Dumay, qui s'était contenue, s'abandonna à une violente colère.

— Vous êtes trop bête, vous me ruinez, j'en perdrai la tête.

Elle secoua la cuisinière comme un prunier.

— Je n'ai plus qu'à vous jeter à la porte, Thérèse, et à me jeter par la fenêtre.

— Mais, madame Dumay, nous allons porter les enfants à leurs mères qui les reconnaîtront.

— Eh bien, emmaillottez tout de suite la première venue pour la porter à la comédienne.

Thérèse obéit.

Mme Dumay la suivit à pas de loup, sans vouloir se montrer.

— N'est-ce pas, mademoiselle, dit Thérèse en entrant chez la jeune fille, que vous avez là une jolie enfant? c'est tout le portrait de sa mère.

La comédienne ouvrit de grands yeux.

— Oh non ! dit-elle en pleurant, c'est le portrait de son père.

Et elle l'embrassa.

Mme Dumay éclata de rire à travers sa fureur.

Elle rappela Thérèse.

— Portez tout de suite cet enfant à la femme du monde.

Thérèse, qui ne semblait pas comprendre, fit ce que voulait Mme Dumay.

— J'espère, madame, dit-elle en s'approchant du lit de la comtesse anonyme, que vous avez là un charmant bébé ?

La dame tendit les bras à l'enfant.

— Oui, n'est-ce pas ?

Et, le regardant bien :

— Tiens ! il est déjà plus joli que cette nuit. Oh ! comme il a blanchi !

— Cette petite fille ressemble à madame comme deux gouttes d'eau.

— Vous trouvez ? Je ne trouve pas.

La dame soupira. Et se parlant à elle-même :

— Ah ! comme il ressemble à son père !

Et elle pleura comme la comédienne.

— Me voilà bien, pensa Mme Dumay.

5.

La sage-femme aimait trop la comédie ; elle eut beau comprendre la gravité de sa situation, elle ne put s'empêcher de vouloir rire encore.

Elle dit à Thérèse de porter la petite fille à la provinciale.

Ce qu'il y eut d'admirable, c'est que celle-ci qui, on le sait, était accouchée d'un garçon, regarda la petite fille avec amour, éclata en sanglots et s'écria avec abondance de cœur :

— Ah ! comme elle ressemble à son père !

Quand l'enfant, après ces pérégrinations à la recherche d'une mère, fut rapporté sur le lit, la sage-femme, moitié colère, moitié rieuse, dit qu'il n'y avait plus à consulter que la voix du sang. Elle regarda du même coup d'œil les trois petites filles. Elles étaient blondes toutes les trois ; elles avaient les mêmes yeux bleus ; on eût dit qu'un seul sculpteur les avait modelées dans la même chair. En y regardant bien il y avait pourtant des dissemblances : la première était plus grasse, la seconde était plus grande, la troisième avait le nez plus retroussé ; mais, de prime abord, c'était le même enfant.

Une dernière fois Mme Dumay les prit et les retourna, comme si elle eût voulu voir leurs noms inscrits quelque part, mais désespérant de reconnaître celle qu'elle avait apportée, elle s'écria : —

— Eh bien, ce n'est pas ma faute, c'est la destinée qui l'a voulu, j'ai trois duchesses au lieu d'une.

— Trois duchesses! répéta la cuisinière avec une gravité mélancolique.

A peu près comme si elle eût dit :

— Trois pauvres petites malheureuses !

VI

LA VOIX DU SANG

Vers trois heures de l'après-midi, Mme Dumay entendit un coup de sonnette qui la frappa au cœur, elle sentait que c'était le marquis d'Armeville.

— Ah! mon Dieu, dit-elle, quelle est celle des trois que je vais lui présenter?

Pendant que la cuisinière allait ouvrir, elle prit la première petite fille qui fut sous sa main.

L'enfant dormait; elle l'apporta au marquis tout en souriant.

— Bonjour, madame Dumay, comment va le bébé?

— Il se porte comme un charme.

L'enfant cria.

— Allons, allons, continua la sage-femme en soulevant la petite fille, ne chantons pas ces chansons-là.

— Décidément, elle est très-gentille, dit M. d'Armeville. Elle a de grands yeux bleus qui, dans dix-huit ans, feront du bruit dans le monde.

— N'en doutez pas.

— Avez-vous une nourrice?

— J'en ai deux. Je vais vous les présenter tout à l'heure, vous choisirez la meilleure.

— Oh! je n'ai pas l'expérience de ces choses-là, il y a trop longtemps que je n'ai teté, je m'en rapporte à vous.

— Eh bien, vous pouvez compter sur moi. Je ne laisse jamais teter un enfant sans goûter au lait.

— N'oubliez pas que c'est sous votre responsabilité jusqu'au jour où la mère viendra chercher sa fille. En attendant, écoutez-moi bien : vous allez louer un appartement dans le voisinage.

— Il y en a un au-dessus.

— A merveille.

Le marquis appela la cuisinière, tira un louis

de sa poche et le lui donna pour qu'elle portât tout de suite le denier à Dieu.

— La nourrice sera à vos ordres, madame Dumay ; vous la nourrirez, pour qu'elle soit bien nourrie, vous veillerez sur ses actions et vous lui donnerez soixante francs par mois, pas un sou de plus, pour ne pas éveiller les curiosités.

— C'est entendu.

— Vous parlerez de cadeaux futurs et vous commencerez par une robe.

La sage-femme demanda des nouvelles du poupon qu'elle avait porté la nuit.

— Ce gaillard-là s'imagine qu'il est né prince : on lui a donné une nourrice à deux cent cinquante francs par mois et il se jette sur son sein comme s'il n'avait jamais fait que cela. Seulement, je dois vous dire que la mère pleure. Sa première sortie sera pour Dieu, mais la seconde sera pour sa fille. Dans quelques jours je lui ménage une surprise, vous viendrez un soir au château avec le bébé, sous prétexte que vous connaissez la nourrice ; d'ailleurs, puisque vous étiez à l'accouchement, vous avez bien le droit de faire une visite à l'accouchée.

— Eh bien, monsieur le marquis, donnez-moi l'adresse de la dame.

— Pas si bête ! vous en sauriez plus que moi.

— Il nous faudra encore faire le voyage au long cours ?

— Ne dirait-on pas que je vous propose un voyage en omnibus ?

On entendait causer dans la chambre voisine.

— Ne faites pas attention, monsieur le marquis, c'est ma provinciale qui est toujours à moitié folle, depuis qu'elle a eu le délire.

— A propos, demande-t-elle son enfant ?

— Oui, mais elle croit qu'elle a mis au monde une fille.

— N'allez pas lui donner celle-ci !

— N'ayez peur ! Celle-ci est sacrée. Du reste, ma provinciale est résignée à l'idée des Enfants-Trouvés.

La visite du marquis ne fut pas bien longue. Il visita l'appartement qui était à louer. Il recommanda une fois de plus l'enfant à la sollicitude de la sage-femme, après quoi il descendit l'escalier tout en chantonnant un air d'opéra. Il était content de sa nuit et de sa journée.

Il ne reparut pas de sitôt chez la sage-femme. C'est qu'un grand malheur était arrivé; la duchesse de Marigny était morte dans la fièvre du lait. Ça avait été un drame déchirant, car la pauvre femme, en proie au délire mais parlant peut-être comme une voyante, disait sans cesse que Dieu la punissait, elle la mère, d'avoir abandonné sa fille par une supercherie indigne d'elle.

Était-ce pour une question d'orgueil ou d'argent?

Le désespoir fut grand chez le duc de Marigny. Ce fut à peine si pendant quelques jours on s'occupa de l'enfant substitué. Le duc ne voulait pas le voir, il demandait au marquis d'Armeville qu'on lui ramenât sa fille comme pour retrouver un souvenir vivant de sa femme.

Cependant que se passait-il chez la sage-femme? Les trois mères avaient décampé sans tambour ni trompette, après avoir embrassé les trois petites filles.

Mᵐᵉ Dumay les avait prévenues que si elle ne recevait pas de leurs nouvelles, c'est-à-dire de leur argent, elle les mettrait aux Enfants-Trouvés; elle voulait bien, par égard pour les mères, les garder encore quelque temps, mais elle ne voulait pas non plus être la dupe de son bon cœur.

Dans un jour de désespoir, bravant toute contrainte, risquant de perdre le fruit de la comédie sérieuse qui s'était jouée chez lui, le duc de Marigny accourut chez la sage-femme.

— Madame, lui dit-il, où est cette petite fille?

Il se reprit et dit :

— Où est ma fille?

Mme Dumay fut effrayée de sa pâleur; elle monta chez la nourrice et redescendit bientôt avec l'enfant.

— Voilà, monsieur!

Elle ne dit pas un mot de plus.

Le duc regarda la petite fille d'un œil scrutateur : c'est qu'il voulait déjà retrouver quèlque chose de la physionomie de sa femme.

— Peut-être, dit-il.

Deux larmes couvrirent ses yeux.

— Et pourtant, reprit-il en regardant les yeux bleus de l'enfant, la mère avait des yeux plus foncés.

— Oh! mon Dieu! dit Mme Dumay, on ne sait pas ce que deviennent les yeux. Moi, telle que vous me voyez, j'ai été blonde et j'ai eu les yeux bleus.

Mais la sage-femme se dit à elle-même : « Décidément, je crois bien que je me suis trompée. »

— Enfin, dit le duc tristement.

Il couvrit de baisers les mains de la petite fille.

— Pardon, monsieur, lui dit respectueusement

la sage-femme, est-ce que la pauvre mère avait des grains de beauté ?

— Oui, deux au col. Est-ce que ma petite en a déjà ?

— Je n'en ai pas vu encore. Mais les petites filles sont comme les pêches, elles n'ont pas sitôt que ça leur duvet et leur couleur.

— Eh bien, pourquoi me faites-vous cette question ?

La sage-femme n'était jamais embarrassée.

— C'est tout simple; c'est que je veux pouvoir vous dire bientôt si cette enfant ressemble à son père ou à sa mère.

Le duc murmura d'un air de regret :

— J'ai bien peur qu'elle ne ressemble qu'à son père.

Il s'en alla bientôt remettant une poignée d'or à la sage-femme.

— Tenez, madame Dumay, quand vous vous promènerez avec ma fille, vous donnerez toujours un louis au premier pauvre que vous rencontrerez.

La sage-femme s'inclina respectueusement devant le duc, touchée jusqu'au fond du cœur de cette bonne pensée.

— Pauvre homme ! dit-elle, en le voyant s'éloigner, il a peut-être perdu du même coup sa femme et sa fille.

Elle se mit à pleurer de vraies larmes.

— Oh! je finirai bien par retrouver la vraie duchesse.

Elle regarda encore la petite fille qu'elle tenait dans ses bras.

— Il me semble, dit-elle, que la voix du sang n'a pas parlé; le duc lui a baisé les mains, mais je n'ai pas vu l'accent du cœur dans sa figure; il en est temps encore, je vais donner à la nourrice la petite fille qui est au voisinage et qui passe pour être la fille de cette comédienne. Il me semble que ses yeux sont d'un bleu plus foncé.

Après quelques indécisions, la sage-femme exécuta ce dessein; elle eut le cœur plus léger, il lui sembla qu'elle était mieux dans la vérité. Elle se promit, quoi qu'il arrivât, de veiller sur les trois petites filles avec une sollicitude toute maternelle.

Le duc revint quelques jours après. C'était le soir, il ne douta pas, en voyant une seconde petite fille, attifée comme la première, que ce ne fût la même; il la trouva plus éveillée qu'à sa première visite.

— Ah! c'est qu'elle a huit jours de plus, monsieur le duc.

— Appelez-moi monsieur tout court; avec toutes vos portes ouvertes, la nourrice doit vous entendre.

— Ah ! ne craignez rien, cette femme a toutes les vertus d'une nourrice, car elle est bête comme la bêtise.

— Mais on m'avait dit qu'une nourrice donnait, par son lait, quelque peu de son caractère à l'enfant.

— Oh ! si c'était un garçon, ce serait dangereux, mais il n'y a pas de crainte qu'une femme élevée à Paris devienne bête. Je vous réponds que cette petite fille sera un miracle d'intelligence.

Le duc soupira.

— Alors elle ressemblera à sa mère.

Comme huit jours auparavant, il baisa et rebaisa les mains de la petite fille.

— C'est égal, ajoutait-il, je ne vois encore rien dans cette figure qui me parle de Mathilde.

Il se disait cela à lui-même, mais la sage-femme entendit. Quand le duc fut parti, elle pleura encore.

— Et pourtant, dit-elle, je ne veux pas jeter dans les bras de cet homme un enfant qui ne serait pas le sien ; or la voix du sang n'a pas encore parlé.

Le même jour le marquis d'Armeville passa rue de Ponthieu. Il dit à Mme Dumay qu'il n'était que pour deux jours à Paris, mais qu'il avait voulu embrasser la fille de la duchesse.

— La reconnaissez-vous ? dit la sage-femme.

— Pas plus que je ne reconnaîtrais une goutte d'eau.

Le lendemain, comme elle regardait de près les trois enfants, car elle les réunissait toujours chez elle, quand elle avait une heure de liberté, elle crut découvrir que la petite fille qui avait été dévolue à la femme adultère avait un lointain air de famille avec le duc. Les sourcils, déjà bien marqués, quoique blonds, étaient du même dessin. Le duc avait un menton accusé ; or, des trois petites filles, c'était celle-là qui avait la figure la plus longue.

— Oh ! cette fois, je ne me trompe pas, voilà celle qu'il faut donner à la nourrice qui est là-haut, à moins que je ne change aussi les nourrices.

Elle réfléchit d'abord qu'elle semblait obéir à de simples caprices, elle décida qu'elle n'en ferait rien. Mais sur le soir, la même idée l'obsédant toujours, elle fit un chassé-croisé des deux nourrices et des deux enfants.

Si bien que cette fois ce fut la troisième petite

fille qu'on coucha dans le berceau du second
étage.

Quand le duc revint, Mme Dumay n'était pas
chez elle; il monta chez la nourrice pour la première fois. Un peu plus, la sage-femme était
trahie par la nourrice, car elle n'avait pas prévu
cette visite.

— On a donc changé de nourrice? demanda le
duc.

La nourrice répondit oui, comme elle aurait dit
non.

Elle comprit qu'il y avait là quelque mystère,
aussi se tint-elle sur ses gardes. Pour se donner
une contenance, elle prit l'enfant dans le berceau
et lui donna son sein.

Le duc fut charmé du bon appétit de la petite
fille.

— Oh! monsieur, si vous saviez comme elle
est gentille; elle commence déjà à y voir, il ne lui
faudra pas bien longtemps pour me reconnaître;
on ne s'imagine pas comme elle a de l'instinct:
quand elle a soif, je n'ai pas besoin de lui montrer
le chemin, elle y va toute seule.

Le duc s'était assis et regardait mélancolique-
ment ce spectacle.

— Ah! pensait-il, quelle joie c'eût été pour

moi, si j'avais vu ma fille prendre le sein de sa mère ! Dieu m'a cruellement puni.

Il remercia la nourrice de sa douceur. Elle avait l'air d'adorer l'enfant, elle lui parlait avec amour, elle lui faisait fête par le plus charmant sourire éclairé par des dents superbes.

Le duc lui dit tout à coup :

— Je croyais que c'était dangereux pour les enfants de changer de nourrice.

— Ah! ma foi, il faut y prendre garde.

La nourrice, quelque peu interdite, sentait qu'elle marchait sur des charbons. Pourquoi aussi la sage-femme ne lui avait-elle pas fait la leçon ?

— Quand je suis venu la dernière fois, reprit le duc, est-ce que c'était vous? Je ne me souviens plus.

— C'était moi et ce n'était pas moi; ma camarade était peut-être venue veiller sur l'enfant pendant que j'étais allée chez ma cousine tout à côté.

La nourrice ne savait plus que dire quand par bonheur elle entendit la voix de Mme Dumay qui gourmandait sa cuisinière. Presque au même instant Mme Dumay apparut chez la nourrice.

— Eh bien! monsieur, êtes-vous content de votre petite fille ?

— Oui, dit le duc, qui venait de prendre l'enfant dans ses bras, elle me fait des grimaces, mais à force d'illusions paternelles, je crois qu'elle me sourit.

— Mais c'est un vrai sourire, monsieur le duc.

La sage-femme avait discrètement éloigné la nourrice.

Le duc embrassa la petite fille.

— Elle change à vue d'œil.

— Oh ! les enfants, c'est une métamorphose de tous les jours ; la trouvez-vous plus jolie que la première fois, cette petite miniature ?

— Peut-être.

Le duc resta tout un quart d'heure encore avec l'enfant ; il semblait trouver un vif plaisir à la regarder, à lui sourire, à lui parler, à baiser ses petites mains.

— Croirez-vous maintenant qu'elle ressemble à sa mère ?

— Oh ! c'est bien vague encore. A peu près comme on reconnaît des figures dans les nuages.

— Il faut le temps à tout. J'ai déjà remarqué qu'elle avait votre arcade sourcilière ; regardez plutôt !

— Ce n'est pas à moi qu'il faut qu'elle ressemble, c'est à sa mère. Voyez-vous, madame, j'ai fait

le sacrifice de tout dans ma vie depuis que la mort
a passé si près de moi; cette petite fille que je tiens
là, c'est ma seule raison de vouloir vivre, parce que
j'espère retrouver en elle je ne sais quoi qui m'en-
chantait chez sa mère, du moins l'âme, sinon la
beauté.

VII

LE BAPTÊME DES TROIS DUCHESSES

E duc, qui n'avait pas l'habitude des larmes, porta la main à ses yeux, il avait été frappé au cœur, il ne pouvait se consoler.

Mais en disant qu'il avait fait le sacrifice de tout, il ne disait pas la vérité, car dix minutes après il avertit Mᵐᵉ Dumay qu'il allait voyager pendant six semaines. Or, ce voyage, il le faisait pour sa fortune et son orgueil.

La sage-femme se récria :

— Six semaines, je vais m'ennuyer de ne pas vous voir, car il me semble que j'ai pris les yeux de votre petite fille.

Le duc était plus soucieux et plus triste encore qu'à sa dernière visite.

— Madame, dit-il, j'allais oublier qu'il faut baptiser aujourd'hui cette petite fille, car si je suivais sa mère...

— Oh ! monsieur le duc, vous n'allez pas mourir.

— Qui peut répondre du lendemain, surtout par ces jours de révolution ?

— Et un parrain, et une marraine ?

— Un parrain, ce sera le marquis d'Armeville, qui viendra dans une heure. La marraine, ce sera vous.

La sage-femme rougit.

— Moi ! Vous me faites trop d'honneur.

— Pas du tout, vous êtes une brave femme, cela vous obligera à aimer cette pauvre abandonnée.

Le duc avait pensé à confier sa fille en d'autres mains, dans une atmosphère plus élevée ; mais il n'avait pas de préjugés et il croyait qu'on trouve de braves cœurs partout. Mᵐᵉ Dumay lui avait plu, par sa franchise et sa belle humeur. C'est une grâce du ciel d'être toujours souriante.

En effet, dans l'après-midi, le marquis d'Armeville, à peine revenu de voyage, se présenta chez Mᵐᵉ Dumay pour le baptême.

Ce ne fut pas long, on s'en alla en fiacre à

l'église Saint-Philippe du Roule, où on donna à l'enfant les noms de *Rose-Elisabeth-Caroline-Mathilde*. Elle fut inscrite sans nom d'auteurs : *père inconnu, mère inconnue*.

— Il faut que j'en fasse autant pour les deux autres, pensa la sage-femme.

Elle dit sans façon au marquis d'Armeville :

— Si vous étiez aussi brave homme que vous en avez l'air, vous seriez le parrain de deux autres petites filles que j'ai chez moi. Elles sont ondoyées comme l'avait été celle-ci, mais on dit que ça porte malheur ; il vaut mieux le sacrement du baptême.

M. d'Armeville ne se fit pas trop prier. Il croyait être à la fois agréable à la morte et à la sage-femme. Il attendit dans l'église que Mme Dumay fît le voyage chez elle, où elle reporta la petite fille du duc et d'où elle revint avec les deux autres enfants, cette fois accompagnée de sa cuisinière.

Ce fut la même cérémonie.

A chaque petite fille on donna quatre noms ; à la première, les noms de *Rose-Camille-Marie-Madeleine* ; à la seconde, les noms de *Rose-Clotilde-Berthe-Léonie*. Le parrain, qui n'était pas riche, tout marquis qu'il fût, donna pourtant à la cuisinière de la sage-femme de quoi acheter beaucoup de bonbons.

Au retour de l'église, Mme Dumay fit danser les petites filles sur ses genoux, tout en les couvrant de baisers.

— Voyons, dit-elle à la cuisinière, cette fois ne nous trompons plus ; elles s'appellent Rose toutes les trois, mais c'est pour prouver qu'elles sont un peu mes enfants. Rappelle-toi bien ceci :

La première s'appellera *Mathilde ;*

La seconde, *Madeleine ;*

La troisième, *Léonie.*

— Oui, dit la cuisinière, je n'oublierai pas ces trois noms-là, mais je veux bien que le loup me croque si je ne me trompe pas encore. Pourquoi aussi sont-elles blondes, ces gamines-là ?

— C'est la fatalité, dit Mme Dumay. J'avais toujours peur que le marquis me demandât si j'étais bien sûre de n'avoir pas pris l'une pour l'autre, celle-ci pour celle-là.

— Ce marquis est un bien brave homme. Vous savez qu'il me donne un louis chaque fois qu'il vient.

— C'est d'autant plus beau, qu'il ne roule pas sur l'or. S'il t'en donnait deux il serait obligé de m'en emprunter un.

6.

Le marquis d'Armeville était un homme du
beau monde, qui à certains jours allait dans tous
les mondes, quoiqu'il fût jeune encore. Les passions avaient marqué leurs pâleurs et leurs sil-
lons sur sa figure, une belle tête d'ailleurs. Il
avait joué vingt fois sa vie comme une partie de
dés, ambitieux de conquérir les femmes, dédai-
gneux des grandeurs sociales. Le comte d'Orsay
fut un de ses plus chers amis ; il avait son buste
sculpté par lui dans son atelier de l'avenue Sainte-
Marie. Ils s'étaient connus à Londres, ils s'étaient
revus à Paris. Le duc de Marigny était lui-même
un de ses meilleurs amis ; ils s'étaient connus dès
l'enfance, ils ne se quittaient presque jamais,
quelle que fût la diversité de leur fortune. Le
marquis d'Armeville n'était pas riche. Il avait eu
quelque fortune à sa majorité ; mais il était né
joueur et n'avait plus guère à lui que plusieurs
tableaux de maîtres qu'on a vus chez M. de
Morny, au temps où le futur homme d'État habitait encore son petit hôtel, à l'ombre de l'hôtel
Le Hon.

Le marquis était né voyageur comme il était
né joueur ; il avait fait le tour du monde, au
temps où c'était encore un voyage. Il avait des
camarades aux quatre coins du globe ; on n'était

jamais trop surpris de le voir arriver sans dire gare ; mais ses vrais points géographiques c'était Londres dans la saison londonienne et Florence l'hiver. Il ne s'attardait guère à Paris pour ne pas troubler la quiétude de ses créanciers. Il était charmant avec eux comme avec tout le monde, aussi ne faisaient-ils pas pour lui des frais de papier timbré. Il avait été à l'école de Don Juan.

Le lendemain, maître Delapalme, notaire, appela la sage-femme.

— Madame, lui dit-il, j'ai l'ordre de vous servir mille francs par mois, comme gouvernante de la petite fille qui a été baptisée hier sous les noms de Rose-Élisabeth-Caroline-Mathilde. Voici le premier mois. En outre, je dois vous dire qu'on a déposé ici un testament où il est question de vous.

La sage-femme parut bien touchée de ces marques de bonté.

— Ce pauvre duc, pensait-elle tristement, s'il savait que je ne reconnais pas sa fille.

Elle se jura à elle-même de se consacrer jour et nuit à ses trois petites duchesses.

En rentrant chez elle, elle dit à la cuisinière :

— Enlevez-moi tout de suite cette enseigne de sage-femme.

— Quoi ! madame, nous n'accoucherons plus ?

— Non, c'est fini.

— Mais... pensez-vous donc qu'il n'y ait plus d'enfants à mettre au monde ?

— Des enfants... j'en ai trois ; je n'ai pas trop de temps à veiller sur mes *trois duchesses*.

LIVRE III

LA FILLE DU DIABLE

I

COMMENT LA SAGE-FEMME CONVOLA EN SE-
CONDES NOCES POUR DEVENIR UNE FEMME
DU MONDE.

On sait que la comtesse anonyme et la provinciale pervertie n'étaient pas restées longtemps
chez la sage-femme. Elles étaient venues mystérieusement, sans dire ni l'une ni l'autre où elles allaient. La comtesse dit hautement qu'elle revien-
drait bientôt prendre son enfant; la provinciale
fut moins explicite, mais elle pria Mme Dumay de
lui garder le sien quelque temps, et de ne le mettre aux Enfants-Trouvés que si elle n'envoyait
pas d'argent.

Le sentiment maternel ne semblait pas très-vif ni chez l'une ni chez l'autre. La comtesse anonyme avait embrassé sa fille en riant; la provinciale pervertie avait embrassé la sienne en pleurant, mais ce n'était pas encore avec l'effusion d'un cœur de mère.

Quoique Mme Dumay n'attendît pas beaucoup d'argent de ces deux mères d'occasion, elle promit monts et merveilles aux deux nourrices. On sait pourquoi. C'est qu'elle n'était pas bien convaincue que la fille du duc fût celle qu'on élevait dans sa maison. Elle avait le même amour pour les trois petites filles; elle voulait qu'elles fussent pareillement aimées par leurs nourrices; elle y veillait, du reste, avec la plus touchante sollicitude.

La comédienne, tout entière au rôle qu'elle ne jouait pas, mais qu'elle apprenait avec passion, n'avait pas posé longtemps non plus chez la sage-femme; Mlle Héléna voulait oublier vite cette mauvaise action d'avoir abandonné sa fille aux Enfants-Trouvés. Deux mauvaises actions pour une, avait dit Mme Dumay : 1° mettre un enfant au monde sans avoir passé par l'église; 2° le laisser derrière soi sans pouvoir le retrouver si on se retourne. Mais la sage-femme n'était pas là pour réformer les mœurs.

Cependant les trois petites filles semblaient protégées par Dieu, tant elles devenaient jolies.

— Voyez, disait la cuisinière, quand elle les réunissait pendant le dîner, pour être agréable à sa maîtresse, ça se porte comme des charmes, ça rit comme des amours. Ce n'est pas étonnant, toute la journée ces gourmandes-là sont pendues aux seins; j'ai du bon lait, je m'y entends, j'y goûte toutes les semaines.

— Oui, disait Mme Dumay, il y a une Providence. Ces trois petites filles ne sont jamais malades; elles sont gentilles à croquer.

Mais la cuisinière se disait à elle-même :

— C'est drôle, je les adore toutes les trois, mais ce n'est pas la fille du duc que j'aime le mieux. Celle-là a un petit œil de travers qui indique déjà que mademoiselle aura de rudes caprices.

La même idée agitait l'esprit de Mme Dumay.

— Je les aime toutes les trois comme mes enfants, mais je ne sais pas pourquoi Mathilde me semble plus revêche que Léonie et Madeleine.

Et quand elle regardait Madeleine :

— Oh ! celle-là, je ne le dis pas tout haut, celle-là, c'est mon adoration.

Cette Madeleine, quoique encore dans l'ébauche de l'enfance, avait déjà dans son regard je ne sais quoi d'idéal et de divin ; la sage-femme pouvait dire à bon droit : « Mon cher ange, » quand elle la couvrait de baisers.

Il y avait dix-huit mois que cette petite famille improvisée faisait la joie et l'inquiétude de Mme Dumay, quand le marquis d'Armeville reparut un matin, pour enlever la petite Mathilde.

Quoique cette enfant ne fût pas la plus aimée, ce furent de vraies larmes dans la maison. On représenta à M. d'Armeville qu'on risquait de tuer la petite fille en la changeant brusquement d'atmosphère et d'habitude ; le marquis ne voulut rien entendre. Il obéissait à un ordre précis et sans réplique.

— Vous m'arrachez ma vie, dit Mme Dumay. Songez donc que je me crois la mère de cette petite fille. Le matin elle vient jouer dans mon lit ; quand j'ai le temps de me mettre à table elle est toujours sous mes yeux. A ses premières dents, j'ai passé toutes les nuits à la bercer moi-même.

— Je sais tout cela, madame Dumay, mais ici il faut toujours obéir à la fatalité. Vous deviez prévoir, d'ailleurs, ce qui arrive.

— Je ne m'en consolerai pas, j'espère bien que je pourrai la revoir.

— Je n'en sais rien.

— Dites-moi où elle va.

— Je ne désespère pas de vous le dire un jour.

— Ce serait donc un bien grand mal, si j'allais discrètement la voir ?

— C'est trop loin.

— Tous vos airs mystérieux ne me prouvent pas que ce trop loin ne veuille pas dire Paris.

— Ne parlons plus de cela, dépêchez-vous d'habiller cette petite fille.

Le marquis tira sa montre.

La sage-femme savait bien que M. d'Armeville n'aimait pas à perdre son temps. Elle se mit donc à l'œuvre pour que l'enfant fût tout de suite sur son trente et un.

— Quoi! dit le marquis, elle est aussi belle que cela.

— Nous ne nous refusons rien.

En effet, Mme Dumay avait été prodigue pour enjoliver la petite Mathilde par toutes les féeries des habilleuses d'enfants : on eût dit une miniature de madone italienne.

— Adieu, madame Dumay, dit le marquis en prenant la petite fille.

— Attendez donc que je la descende dans votre voiture.

— Non, je fais bien les choses : ma voiture m'attend au coin de la rue de Berri ; il y a là une femme qui ne serait peut-être pas aussi discrète que vous. Ah ! j'oubliais !

Le marquis sortit de sa poche vingt-cinq billets de mille francs.

— Tenez, ma chère, voici qui ne vous consolera pas, mais enfin, c'est toujours ça. D'ailleurs, nous ne nous perdrons pas de vue. Je n'ai pas besoin de vous dire que dans ces vingt-cinq mille francs vous ferez la part de la nourrice et de votre cuisinière.

— Elles prendront ce qu'elles voudront.

Dans l'esprit de Mme Dumay cela voulait dire un billet de mille francs pour chacune des deux femmes.

Le soir, on avait bien un peu séché ses larmes rue de Ponthieu. Mme Dumay avait confié à sa cuisinière qu'elle allait prendre une grave détermination : elle avait mis au monde bien assez d'enfants, elle renonçait à sa profession, elle allait vivre comme elle pourrait de ses quatre sols, selon son expression.

La vérité, c'est qu'elle avait cent mille francs,

de quoi acheter une ferme, qui était son rêve, et de quoi vivre à Paris sans fracas, ce qui fut la réalité. Aussi, dès le lendemain, l'enseigne fut décrochée ; on donna congé pour déménager au prochain terme ; on s'arrangea pour vivre de temps perdu, car, jusque-là, on avait vécu à toute vapeur.

La cuisinière n'en revenait pas, à l'idée qu'elle pourrait se croiser les bras deux heures par jour.

— Comment donc, lui dit Mme Dumay, mais nous aurons le loisir d'aller tous les jours au concert des Tuileries.

— Alors, nous ne nous refuserons plus rien.

— D'ailleurs, il faudra bien faire prendre l'air à nos petites orphelines.

— Orphelines, madame, orphelines, mais elles ont deux mères pour une. Est-ce que nous ne sommes pas les meilleures des mères, vous et moi ?

Il arriva ce qui devait arriver. Au concert des Tuileries, Mme Dumay, qu'on prenait pour une jeune mère de famille, fut remarquée avec sympathie par tous les désœuvrés qui vont là dans l'idée de faire chanter le cœur des femmes.

Un capitaine de dragons, qui était revenu d'Afrique le bras en écharpe, joua d'abord avec les

petites filles ; il causa bientôt avec la ci-devant
sage-femme qui lui apprit qu'elle n'était que leur
mère d'adoption.

— Comment ! s'écria l'homme aux dragon-
nades, vous adoptez les enfants des autres ! Pourquoi n'avez-vous pas des enfants pour votre
compte ?

— Pourquoi, pourquoi, parce que j'ai déjà été
mariée et que le mariage ne m'a pas réussi.

— C'est que celui-là n'était pas dans notre régiment.

— Non, bien loin de là, car je vous avouerai
qu'il s'est fait casser la tête dans les événements
de juin.

— Du bon côté, au moins.

— En politique, c'est toujours du bon côté ;
on ne juge bien ça qu'à distance.

Cela donna à réfléchir au capitaine .

« Cette femme est un esprit fort, » dit-il en se
tortillant la moustache. Il n'en continua pas
moins à faire des fouilles dans ce cœur plein de
mystères.

Le lendemain, pareille rencontre, puis le surlendemain, puis toute la semaine. Le capitaine de
dragons n'envoya pas dire à Mme Dumay qu'il la

trouvait charmante et qu'il l'épouserait volontiers avec tous les honneurs de la guerre.

— Pourquoi pas avec tambours et trompettes ? Suis-je donc une femme qu'on cache !

— Oh ! je vous épouserai au maître-autel si vous voulez. Vous ne m'avez pas seulement dit votre nom.

— Ni vous non plus.

Le capitaine, qui était assis sur une chaise à deux sols à côté de Mme Dumay, se leva d'un trait, porta la main à son chapeau comme un soldat qui parle à son chef immédiat.

— Pardon, excuse, mon caporal, que ce n'est pas pour vous faire de la peine que je m'appelle de mon nom de famille Templier, que mon parrain m'a subtilisé son prénom de Magloire...

— Un vrai nom de soldat ! s'écria Mme Dumay.

— Chut ! dit gravement le capitaine, je n'ai pas tout dit : que je suis natif de Martiny en Bourgogne, que je suis venu au monde le 31 mai 1808...

— Un peu plus, interrompit encore Mme Dumay, vous auriez la médaille de Sainte-Hélène.

— Que je la mérite, pour mon amour subséquent pour l'Empereur ; que je me suis battu comme un lion en pensant au Petit Caporal ; que ce n'est pas en me croisant les bras que j'ai gagné la croix ; que ce n'est pas en tournant le dos à l'ennemi que j'ai enlevé mes épaulettes de capitaine ; que si mon bras droit était encore vaillant comme mon bras gauche, je ne serais pas à vos pieds, mais à la bataille.

— Faire la guerre aux femmes, c'est continuer ses états de service, capitaine.

— Maintenant je vous ai dit mon nom, voulez-vous me donner votre main ?

— Comme vous y allez, vous ne me connaissez pas, je suis peut-être un mauvais camarade de lit, mais la vraie raison qui me sépare des hommes par un abîme, ce sont ces deux petites filles, que j'ai juré d'aimer comme mes filles.

— Eh bien ! elles n'ont qu'une mère, elles auront un père.

Le capitaine retroussa ses moustaches.

Je ne donne que le premier chapitre de ce petit roman bourgeois au concert des Tuileries. Mme Dumay commença par rire de cet amour, elle finit par s'y laisser prendre, parce que le capitaine était agréable et qu'il était capitaine.

Elle n'était pas fâchée de prendre un certain air dans le monde. M. Templier n'avait guère que sa pension de retraite, mais elle savait que les soldats sont réglés dans leur vie comme des papiers de musique. L'ordre c'est leur fortune.

Je reçus un jour une lettre sur grand papier où je reconnus le nom de Mme Rose Dumay à côté de celui de M. Magloire Templier. Le capitaine prenait naturellement son titre de capitaine en retraite, mais Mme Rose Dumay ne rappelait pas sa profession de sage-femme.

Je les rencontrai — dans le monde — quelque temps après, tous les deux faisaient fort bonne figure, lui parce qu'il avait tenu tête à l'ennemi, elle parce qu'elle était encore jolie.

Mme Dumay, pendant que son mari jouait au whist, me rappela Montjoie. Je lui demandai si le capitaine ne le lui avait pas fait oublier.

Elle me regarda avec l'air de la vérité même.

— Eh bien, non, me dit-elle, vous n'y êtes pas; j'ai aimé Montjoie d'un amour tout platonique, il vous le dirait lui-même. Pour lui, il ne m'a aimée que comme sa sœur. Je ne crois pas avoir jusqu'ici traversé les passions : mais je suis bien sûre d'aimer mon mari comme pas un.

— Tant mieux, car il a l'air de vous aimer comme pas une.

— Tant mieux, nous sommes si heureux avec nos enfants.

Elle me fit alors une histoire sur deux petites filles qu'elle avait adoptées et qui étaient jolies, comme si elle les avait mises au monde elle-même.

Je revis de loin en loin Mme Templier, tantôt au théâtre, tantôt dans les promenades publiques. Les petites filles grandissaient; on voyait qu'elles adoraient leur mère adoptive, tant elles se mettaient dans les plis de sa robe, et tant elles se nichaient sur son sein quand elle les portait dans ses bras l'une ou l'autre.

C'était un charmant spectacle. Le capitaine, après quelques mois de vie intime, était convaincu qu'il était le père de ces jolies fillettes. Il avait bien espéré leur donner une petite sœur, mais les sages-femmes, je ne sais pas pourquoi, ne sont jamais des mères de famille.

Un jour, au concert des Champs-Élysées — on n'allait plus aux Tuileries — je saluai Monsieur, Mme et Mlles Templier, car les jeunes filles avaient pris le nom du capitaine.

Elles avaient alors quinze à seize ans.

Tout le monde les admirait au passage. Toutes les deux avaient la vraie beauté, parce qu'elles avaient la douceur et le charme. Ce qu'il y avait de singulier, c'est qu'on disait à chaque instant

autour d'elles : « Voyez donc comme elles ressemblent à leur mère. » En effet, soit par la
grande habitude de vivre ensemble, soit par l'a-
mour qu'elles avaient toutes les trois l'une pour
l'autre, elles se regardaient avec le même sourire
d'ineffable bonté, qui est l'exquise douceur. Il
n'est pas jusqu'au capitaine à qui on ne voulût
rendre cette justice, que ses filles avaient beaucoup de lui. Oh ! le mensonge des choses!

Un de mes amis qui s'émerveillait de la grâce
idéale « de ces demoiselles Templier » me dit en
les regardant :

— Quel malheur que ces filles-là n'aient pas
de dot!

— Vous n'en savez rien.

— Je sais que rien n'est plus mystérieux que la
dot des filles. Que voulez-vous que fasse ce pauvre capitaine Templier qui vit là-bas rue Newton,
dans un appartement de 1500 fr. ?

— Cela ne prouve rien : Mme Templier était
peut-être fille de M. Harpagon.

— C'est égal, elles seront difficiles à marier;
d'ailleurs elles seront trop jolies.

— Eh bien, la beauté n'est-ce donc rien?
Croyez-moi, mon cher ami, c'est le seul argent
comptant dans le mariage.

II

LE CRI DU CŒUR

Madame Templier, quand elle faisait un retour vers le passé, s'étonnait de n'avoir eu de nouvelles ni de la comtesse anonyme, ni de Mlle Héléna, ni de la provinciale, qui, on se le rappelle, lui avaient donné ou plutôt abandonné trois enfants qui sont les principales figures de cette histoire. Cette comtesse était donc une simple coureuse d'aventures ? Cette Héléna était donc morte dans ses pérégrinations dramatiques ? Cette provinciale avait donc épousé un autre cousin ?

— Il faut, disait-elle, que le premier cousin n'ait ni cœur ni âme ; car c'était à lui de payer les mois de nourrice et à faire un homme de l'enfant.

Un matin, au moment où Mme Templier sortait avec ses deux filleules pour aller à la messe, elle fut arrêtée dans l'escalier par une femme qu'elle ne connaissait pas, ou plutôt qu'elle ne reconnaissait pas.

— Mme Dumay ? murmura cette femme.

Il y avait bien longtemps que ce nom n'avait résonné à l'oreille de l'ancienne sage-femme, mais enfin elle n'avait pas oublié que ça avait été son nom. Aussi répondit-elle :

— C'est moi.

La visiteuse la regardait avec surprise ; elle ne semblait pas comprendre la métamorphose de Mme Dumay en Mme Templier, car elle avait pris les airs d'une femme comme il faut.

— Mon Dieu, madame, lui dit-elle comme en la priant, je vous saurais bien gré de monter chez vous, ne fût-ce que pour un instant.

Mme Templier avait toisé la dame, qui avait l'air d'une bonne bourgeoise de province ; elle ne fit pas de façon pour remonter avec elle en disant à ses deux filleules de marcher en avant vers Saint-Philippe du Roule, car c'était toujours sa paroisse.

Dès que la visiteuse fut seule avec Mme Templier, elle lui demanda si elle ne la reconnaissait

pas. Et comme elle vit qu'elle n'était pas reconnue, elle dit avec un certain embarras :

— Quoi! vous avez oublié Mlle Caroline Darblé!

— Ah! j'y suis, s'écria Mme Templier. Vous
êtes rudement changée : ce que c'est que la province!

— Oh! ce n'est pas la province, ce sont les
chagrins. Dieu m'a cruellement punie.

Ici un flot de larmes.

— Que vous est-il donc arrivé?

Les sanglots empêchaient la dame de parler.

— Je me suis mariée et je m'appelle madame
Marsault. Mon père a fini par me pardonner,
mais je sens bien que Dieu ne m'a pas pardonnée.
J'ai eu quatre enfants, le dernier vient de mourir.

Des sanglots et des larmes.

— Et je n'en aurai pas d'autre.

— Je comprends, dit Mme Templier avec com-
passion, mais aussi avec un peu d'amertume, voilà
pourquoi vous revenez à moi.

— Oui; je n'ose vous questionner, car je n'ai
pas le droit de vous dire : Qu'avez-vous fait de mon
enfant? puisque j'ai été assez mauvaise mère pour
l'abandonner.

— Oui, mauvaise mère, mais si cela peut vous consoler, vous n'êtes pas la seule.

— Et mon enfant, madame?

Il y eut un silence terrible. Terrible pour les deux femmes, car Mme Templier ne savait que répondre. Bien des fois pourtant elle s'était posé cette question : Si la provinciale me demande son enfant, que lui dirai-je?

Mais comme bien des années s'étaient passées, elle ne s'imaginait pas qu'elle pût la revoir jamais.

— Madame, dit-elle en la regardant comme pour la questionner elle-même, je ne sais même plus si c'était une fille ou un garçon, car vous vous rappelez qu'il y a eu trois ou quatre accouchements à la fois.

— Je me rappelle que j'ai failli mourir. Quand je suis revenue à moi, vous m'avez présenté une petite fille que j'ai embrassée, quoique mon cœur eût la lâcheté de la condamner à l'abandon.

Mme Templier semblait chercher, mais au fond, elle penchait la tête sous le désespoir. Que dire à cette mère? Elle ne pouvait la tromper en lui donnant une de ses filleules; et d'ailleurs, c'était s'arracher la moitié du cœur; elle ne voulait pourtant pas désoler à jamais cette malheureuse mère.

— Oh ! madame, madame, murmura Mme Marsault, dites-moi, mon enfant n'est pas mort ?

— J'espère que Dieu vous l'a conservé, mais je ne puis vous rien dire aujourd'hui : je vais faire de sérieuses recherches.

— Naturellement, vous l'avez mise aux Enfants-Trouvés, la pauvre petite abandonnée ; faites-moi la grâce de m'y accompagner aujourd'hui même.

— Pauvre femme ! vous vous imaginez qu'il n'y a qu'à se présenter pour retrouver son enfant après seize ans d'abandon ; car, si je compte bien, il y a seize ans.

— Oui, madame, seize siècles, si je marque tous mes mauvais jours.

Mme Marsault fut très-éloquente pour peindre toutes ses angoisses depuis l'abandon de son enfant. Elle avait eu beau se marier, avoir d'autres enfants, hériter d'une belle fortune, il lui manquait toujours quelque chose. Elle cherchait et ne trouvait pas. A chaque instant, elle voulait accourir à Paris et presser sur son cœur l'enfant répudié comme la marque d'une honte. Mais elle avait épousé un mari jaloux, qui lui parlait sans cesse de son cousin.

Elle n'avait pas trouvé une heure pour faire le

bien; elle ne s'était confiée à personne; elle avait porté douloureusement son secret. Jamais femme n'avait comme elle traversé les supplices de la maternité. Quatre enfants qui meurent dans vos bras et un enfant qu'on ne peut pas retrouver!

— Il y a des grâces d'état, dit Mme Templier; il ne faut jamais perdre courage. D'ailleurs, Dieu a fait un autre monde pour nous consoler de celui-ci.

— Ah! madame, ne me dites pas cela, vous me feriez croire que mon enfant est mort.

— Non. Mais je ne suis pas sûre de le retrouver.

— De grâce, madame...

— Remarquez que ce n'est pas moi qui suis dans mon tort.

— Oh! je le sais trop.

— Que diable! je n'ai eu de vous ni vent ni nouvelle.

— Que voulez-vous! à peine de retour chez mon père, j'ai vécu emprisonnée, tant il avait peur de mon cousin. A qui demander de l'argent pour vous l'envoyer? Et d'ailleurs, je craignais déjà que le malheur ne fût irrémédiable.

Mme Templier se leva.

— Madame, on m'attend pour aller à la messe,

les recherches que je vais faire me demanderont du temps, revenez dans huit jours, ou plutôt dites-moi où je pourrai vous écrire.

— Je ne puis attendre huit jours à Paris, car j'y suis venue mystérieusement sous prétexte d'aller chez ma sœur qui habite Beaugency ; écrivez-moi à Orléans, au nom de Mlle Théodule : j'habite la campagne et j'enverrai prendre les lettres ; mais je vais m'en aller bien triste de ne rien savoir.

— Écoutez, madame, mes pressentiments ne me trompent jamais ; je suis sûre que votre enfant n'est pas mort.

— Dieu soit loué !

Mme Marsault serra la main de Mme Templier et lui dit adieu, en essuyant ses larmes. Ce n'étaient pas les dernières.

Seule, en face d'elle-même, ou plutôt en face de Dieu, car c'était à la messe, Mme Templier se demanda ce qu'elle ferait. Dire à cette mère que son enfant était mort quand il vivait, surtout quand elle avait perdu tous ses autres enfants, c'était un horrible mensonge. Lui apprendre qu'il vivait, sans lui dire : la voilà, c'était presque aussi cruel. Après bien des décisions et des indécisions, elle résolut de lui dire qu'elle ne savait rien, mais qu'aux Enfants-Trouvés on lui avait promis de lui indiquer, un peu vaguement, il est vrai, ce qu'étaient devenus tous les enfants abandonnés en 185...

Mme Marsault écrivit trois ou quatre lettres pour marquer son impatience et son chagrin, mais l'ancienne sage-femme n'y pouvait rien.

Ce qu'il y a de singulier, c'est que Mlle Héléna, qui avait fait le tour du monde dramatique, qui avait disparu presque aussitôt ses couches, qui avait eu la fièvre chaude au Brésil, qui avait épousé un Grec à Odessa, qui avait vécu avec un consul en Égypte, qui était venue jouir de son reste à Monaco, arriva aussi, non pas un beau matin, mais un beau soir, chez Mme Templier.

Elles se reconnurent toutes les deux.

— En vérité, vous n'êtes pas changée !

— Ni vous non plus, vous êtes même plus belle qu'autrefois. On a peut-être raison de dire que le vice conserve, car vous avez dû continuer à mener une vie exemplaire.

— Vous vous trompez, j'ai été moi-même mariée, il est vrai que j'ai quitté mon mari, mais j'ai vécu huit ans avec le même amant, un homme très-bien, un consul de *** qui m'aurait épousée s'il n'eût pas été marié, ni moi non plus. A propos, et ma fille ?

C'était encore un coup de foudre pour Mme Templier, qui ne pouvait pas admettre qu'on vînt après tant d'années redemander un enfant. Elle pensait bien un peu que la fille d'Héléna était Léonie, c'était le même catactère fantasque, la même coquetterie inquiétante, mais comment se séparer de Léonie pour la remettre à une femme qui allait l'entraîner à son insu dans tous les désordres ?

— Votre fille, ma chère enfant, c'est du plus loin qu'il m'en souvienne. Vous figuriez-vous que j'allais vous la présenter sur un plat d'argent à votre première réapparition ? Je n'étais pas assez riche, vous le savez bien, pour jouer à la saint Vincent de Paul. Je pouvais bien dire comme notre Sauveur : « Laissez venir à moi les petits enfants » quand j'étais sage-femme, mais ma maison n'était pas une crèche.

— Vous avez raison, je n'avais pas grande espérance en montant votre escalier, mais enfin je comptais sur le hasard.

Le hasard, qui est quelquefois la malice des choses, ouvrit alors la porte sous la main de Mlle Léonie qui entra dans le salon sans dire gare.

Rien chez elle n'était réfléchi. Elle obéissait à ses caprices sans les avoir médités. Elle courait du piano à sa boîte à couleurs, de sa boîte à couleurs à un roman qu'elle cachait sous son oreiller. Quand on voulait causer avec elle, on ne la trouvait pas. Quand on la croyait là, elle était bien loin.

A son entrée imprévue dans le salon, Mme Templier pâlit parce qu'elle vit sur sa figure comme un reflet de la figure d'Héléna.

— Il n'y a pas à en douter, se dit-elle à elle-même.

Mme Héléna s'était levée en voyant apparaître Léonie.

— Ah! comme elle est jolie! s'écria-t-elle, en se tournant vers l'ancienne sage-femme. Est-ce que c'est votre fille?

Mme Templier se garda bien de répondre : — Non, c'est la vôtre.

Et cependant ce mot était sur ses lèvres.

III

CE QUE DEVIENNENT LES COMÉDIENNES

ADAME Templier répondit simplement :
— C'est ma filleule.

— Eh bien, dit Mme Héléna, il faut faire compliment à la marraine de sa filleule comme il faut faire compliment à la filleule de sa marraine.

Léonie embrassa sa marraine comme pour prouver que Mme Héléna avait raison.

— Et que faites-vous de cette charmante fille ? madame Templier.

— Je n'en fais rien, je lui ai donné un professeur de piano et un professeur de peinture, que dis-je un maître, car elle va à l'atelier d'un de nos peintres à la mode, mais elle en est encore aux natures mortes. C'est une étrange fille, ma filleule, elle ne veut pas se mettre à la figure, parce qu'elle pense que c'est bien assez de faire admirer la sienne.

— Elle a bien raison.

— Oui, mais c'est de la coquetterie ; je n'aime pas ça. Savez-vous ce qu'elles faisaient l'autre jour dans l'atelier, elle et ses compagnes ?

Mme Templier raconta comment ces demoiselles s'étaient amusées avec des crayons à se peindre elles-mêmes et à même. Quand le maître était entré, au lieu de figures humaines, il n'avait plus vu que des pastels. « Il paraît que c'était charmant, mais il les a condamnées à ne peindre que des huîtres pendant deux jours. » Mme Héléna remarqua, car elle avait l'œil du lynx, que Mlle Léonie ne s'était pas corrigée sur ce point-là, car on voyait encore au coin de l'œil des marques de crayon brun et sur les joues un nuage effacé de poudre de riz. Mme Templier qui était un peu myope n'y voyait que du rose et du bleu.

La comédienne se sentait attirée par je ne sais quel magnétisme vers la jeune fille.

— Chantez-vous ? mademoiselle.

— Oh non, Dieu merci ! ma sœur chante pour nous deux.

— Alors vous serez peintre. C'est très bien porté; il y a une foule de femmes du monde qui ne font pas autre chose. La duchesse Colona a donné l'exemple par le ciseau et par le pinceau.

— Mais je crois bien ! Mlle Sarah Bernhardt sera aussi célèbre par ses statues que par ses créations tragiques.

— Vouloir, c'est pouvoir.

— Oui, s'écria Mme Templier; mais ne veut pas qui peut. La volonté est une vertu.

— J'avoue que je n'ai pas de volonté pour deux sous, dit Léonie; je n'ai que des bouffées, après quoi je retombe dans ma paresse.

— Vous voyez, madame, elle a le courage de s'accuser.

— Mais enfin il y a encore de la marge, car elle a de bons moments.

La comédienne prit la main de la jeune fille.

— Je m'en vais vous dire votre bonne aventure.

Léonie regarda Mme Héléna avec une curiosité inquiète.

— Des orages, des orages, mais enfin il y a un arc-en-ciel, c'est l'histoire de toutes les femmes; toutefois, ma belle enfant, prenez garde à vous : votre main est trop traversée; ne comptez pas

vivre de la vie bourgeoise. Vous voyez bien, toutes
ces petites lignes qui montent, ce sont des ascen-
sions, mais il y a aussi des lignes qui descendent,
ce sont des chutes. Mais grâce à Dieu vous êtes
trop bien élevée pour ne pas vous arrêter au bord
des abîmes.

Mme Templier fronçait le sourcil. « Oh ! se dit-
elle à elle-même, cette folle-là dit toujours les
mêmes folies. »

Elle prit gravement la parole.

— J'ai toujours vu que les diseuses de bonne
aventure faisaient sonner midi à quatorze heures.
Je suis sûre que Léonie vivra simplement de la vie
de famille. Les grands horizons l'effrayent. Si le
bonheur est quelque part, c'est dans un intérieur
de braves gens, qui fuient les tempêtes pour le rivage.

— Dieu le veuille, s'écria Mme Héléna.

Mais Léonie fit une petite grimace qui révélait
ses aspirations.

— Oh ! oh ! dit la comédienne en s'en allant,
en voilà une qui fera du bruit dans le monde,
comme moi.

Elle rentra en pirouettant comme si elle eût encore ses vingt années.

— Dites-moi, madame Templier, dit-elle en

l'attirant dans l'antichambre, est-ce que vous connaissez la mère de cette jeune fille? Elle me rappelle une figure que j'ai beaucoup connue autrefois.

— Ça brûle, pensa l'ancienne sage-femme.

Elle répondit qu'elle ne connaissait pas la mère de Léonie :

— C'est une orpheline qui m'a été confiée parce que je connaissais quelqu'un de sa famille, mais je crois que sa mère est morte.

— Adieu, je viendrai vous revoir.

Mme Templier ferma elle-même la porte.

— Enfin, dit-elle, en poussant un soupir, puisse-t-elle retourner à Rio, à Odessa, au diable! Paisse-t-elle retrouver un autre consul! Je marchais sur du feu.

Quand elle rentra dans le salon, Léonie était à la fenêtre.

— Oh! mon bel oiseau, dit-elle en l'embrassant, tu ouvres toujours la fenêtre comme pour t'envoler. Tu n'aimes donc pas ce brave capitaine qui ne vit que pour toi? car si tu m'accuses de préférer Madeleine, mon mari t'aime mieux que Madeleine.

— Ma marraine, si j'ouvre la fenêtre c'est pour respirer.

Mme Héléna était déjà dans la rue ; elle tourna la tête et salua d'un sourire cette charmante évaporée.

— C'est drôle, dit-elle, que je me sois retournée ; ce n'est pourtant pas un amoureux. La belle créature ! quand je pense que ma fille serait presque aussi grande.

Elle s'en alla en penchant la tête ; elle évoqua les figures du passé, ses amoureux qu'elle ne retrouvait pas, ses amies qui ne la reconnaissaient pas, ses théâtres où on ne voulait pas même lui donner ses entrées.

— Ah ! tout est triste, dit-elle en portant la main à ses yeux. Je croyais quitter le désert pour revenir à Paris, mais Paris c'est le désert. Voilà ce que c'est d'avoir jeté son cœur à tous les vents.

Elle se rappela les discours de sa mère qui voulait l'empêcher de se faire comédienne.

— Oui, oui, ma mère m'avait prédit tout ce qui m'arrive.

Puis s'interrompant tout à coup devant les fantômes qui lui voilaient le cœur, elle se dit :

— A propos, j'allais oublier d'acheter de quoi me teindre les cheveux.

C'était bien dans sa nature de rebondir sur les ci-

8

metières. Elle était jolie encore, elle ne voulait pas
consacrer aux Filles Repenties les dernières années
de sa seconde jeunesse. Seulement l'argent se mê-
lait à l'or de ses cheveux, il fallait masquer cette
déchéance.

Qu'allait-elle devenir cependant ? Elle n'avait
pas fait fortune en courant le monde ; il lui restait
à peine l'horizon du Mont-de-Piété pour ses diamants. Or, elle qui prédisait la bonne aventure,
on pouvait prédire le dernier acte de sa jeunesse :
Le Mont-de-Piété lui prêterait 7 ou 8,000 francs,
elle tenterait encore le théâtre dans quelque troupe
de province, au bout d'un an elle vendrait ses re-
connaissances du Mont-de-Piété pour échouer je
ne sais où...

A moins qu'elle ne tournât encore la tête aux
gourmands des pêches mûres déjà tombées de
l'espalier ?

I V

MATHILDE ET MADELEINE

UN matin d'avril, au temps où on meurt beaucoup et où on se marie beaucoup, M. Templier dit à sa femme qu'il fallait hâter le déjeuner, car il voulait arriver un des premiers au convoi d'un de ses compagnons d'armes, le colonel Sérac, qui avait juré de mourir sur le champ de bataille, mais qui, comme tant d'autres braves soldats, avait dû se résigner à mourir dans son lit. C'était à Sainte-Clotilde que devait se dire la messe mortuaire. Il n'y avait donc pas de temps à perdre, car les chevaux de fiacre ne connaissent pas l'heure militaire, comme disait le capitaine.

Mme Templier, qui n'avait pas encore vu Sainte-Clotilde, « une église bien hantée, » voulut être

du convoi; les deux jeunes filles demandèrent elles-
mêmes à aller à ce spectacle funéraire. Tout est
bon aux curiosités de dix-huit ans.

— Voyons, Léonie, dit le capitaine en souriant,
tu finiras par me demander à aller voir guillotiner
un condamné pour te distraire.

— Pourquoi pas, mon capitaine ?

J'ai oublié de dire que l'ancien soldat ne voulant pas se donner le ridicule de passer pour le
père de ces deux enfants, qui n'étaient même pas
des enfants de sa femme, se faisait appeler mon
capitaine par Léonie et par Madeleine; elles disaient « mon capitaine, » comme on dit mon père
ou mon oncle.

Ces deux jeunes filles ne pouvaient dire ni mon
père, ni ma mère, car elles appelaient la ci-devant
sage-femme « ma marraine; » mais, quoiqu'elles ne
fussent pas sœurs, pas même sœurs de lait, elles se
disaient « ma sœur. » J'ai vu beaucoup de sœurs
qui ne s'aimaient pas, mais ces deux-là ne pouvaient vivre l'une sans l'autre, disant toutes les
deux : « Ma sœur est la plus belle. » Et pour le
prouver, Léonie faisait les chapeaux de Madeleine, Madeleine coiffait Léonie; c'était un char
mant spectacle pour M. et Mme Templier de les
voir s'aimer ainsi. Aussi ne grondait-on jamais

celle-ci pour ne pas faire de chagrin à celle-là.

— Eh bien ! puisque ça vous amuse, vous viendrez à l'enterrement, leur dit le capitaine.

— Après tout, dit Léonie, qui avait autre chose
à faire, je ne m'amuserai pas tant que ça, car je
ne ne serai pas bien fière de ma robe de laine
noire : Madeleine ira avec ma marraine.

On déjeuna gaiement comme si on allait partir
pour la noce. Ceux qui vont à l'enterrement éprou-
vent un certain plaisir à penser que ce n'est pas
pour eux que sonnent les cloches.

On arriva à l'église avant le char funéraire, si
bien que le capitaine eut encore le temps d'aller à
la maison mortuaire qui était d'ailleurs tout à côté.
Il se mêla au convoi sans plus s'inquiéter de sa
femme ni de Madeleine, lesquelles allèrent s'age-
nouiller dans la chapelle de la Vierge.

Naturellement, je ne vous parlerai pas des funé-
railles du colonel, vous qui n'avez pas reçu de
lettre bordée de noir ; j'ai voulu seulement peindre
une petite scène de sentiment qui se passa après
l'enlèvement du mort. On a toujours remarqué
le contraste du mariage et de l'enterrement, c'est
que dans la vie la gaieté se heurte toujours à la
tristesse. Il y a là-dessus un beau sonnet de Sou-
lary.

8.

A peine le colonel était-il parti pour son voyage
dans l'autre monde, qu'un grand tapage se fit à la
porte Sainte-Clotilde ; c'était un flux et un reflux
d'équipages de toutes les paroisses, mais surtout
d'équipages armoriés. Tout le livre héraldique res-
plendissait sur les panneaux depuis les couronnes
royales jusqu'aux tortils des barons.

— Vois-tu, ma marraine, que nous avons bien
fait de venir, dit Madeleine à Mme Templier.

— Oh ! oui, cette fois-là c'est la comédie.

— Oh ! que je suis heureuse, je vais donc voir
une belle mariée !

— Qui sait ! ce n'est pas une raison parce qu'on
est princesse, duchesse, marquise ou comtesse,
pour avoir une jolie tête. Je te conseille de ne pas
donner la tienne contre celle de la mariée.

— Oh ! je tiens à ma figure, puisque tu l'aimes.

Madeleine dit cela d'un air charmant ; on l'eût
croquée dans son sourire.

Cependant, la voiture de la mariée arrivait devant le portail. Mme Templier et Madeleine avaient
pris une bonne stalle à ce spectacle, comme si elles
fussent un peu de la fête. On s'extasiait avant d'a-
voir vu la mariée. Quand elle descendit de voiture, ce fut un concert d'enthousiasmes, on disait
autour de Madeleine et de sa marraine que c'était

la fille d'un duc, et qu'elle épousait un prince. Mais on ne disait ni le nom du prince ni le nom du duc.

Elle monta lentement l'escalier.

— Oh! mon Dieu! s'écria tout à coup Mme Templier.

Elle avait ressenti un coup au cœur et elle avait pâli.

— Qu'as-tu donc, marraine?

— Rien. La vue de cette jeune fille me trouble je ne sais pourquoi.

Ce fut bien pis quand Mme Templier reconnut le marquis d'Armeville, car c'était lui qui donnait le bras à la mariée.

— C'est bien étrange, dit Mme Templier, ce n'est pourtant pas parce que j'ai vu M. d'Armeville que le cœur m'a battu avec tant de force.

Elle pensa à celle de ses trois duchesses qui lui avait été enlevée tout enfant.

— Si c'était Mathilde!

Comme elle prononçait ce mot tout haut, la mariée tourna la tête, mais ne reconnaissant pas celle qui avait parlé, elle reprit son expression altière et souveraine.

— Oh! non, reprit Mme Templier, si c'était Mathilde, elle ne ferait pas de grimaces.

Pendant qu'elle éprouvait une si vive émotion au passage de la mariée, le marquis d'Armeville était soudainement frappé lui-même par la vue de Madeleine. Il fit en se détournant un signe de tête à l'ancienne sage-femme.

— Voilà qui est étrange, dit-il en allant à l'autel. Qu'y avait-il donc de si étrange ?

C'est que Madeleine ressemblait trait pour trait à la duchesse de Marigny : c'étaient le même profil, le même ovale, les mêmes yeux, la même expression.

Le marquis fut ravi de ce portrait, mais il fut effrayé en même temps. En effet, sa pensée, rapide comme l'éclair, lui représenta que puisque cette jeune fille se trouvait avec l'ancienne sage-femme, c'est qu'elle était sans doute une de celles qu'elle avait élevées; puisqu'elle ressemblait à la duchesse, c'est qu'elle avait, comme on dit, été changée en nourrice.

N'était-ce pas une découverte terrible pour lui ? Il menait à l'autel, comme fille de la duchesse, une fille qui ne lui ressemblait pas du tout.

Un peu plus, il eût rebroussé chemin, mais il réfléchit qu'il était trop tard, puisque le mariage à la mairie était depuis la veille un fait accompli.

Comment faire ? N'était-ce pas encore une punition du ciel, pour cette abominable substitution
où il avait mis la main ? Il s'arma de patience pour
la cérémonie, mais tout le monde remarqua son
agitation, il tournait la tête à chaque instant,
comme s'il devait revoir Madeleine.

— Oh ! dit-il à plusieurs reprises, j'irai aujour-
d'hui même chez Mme Dumay.

Il ne l'avait pas revue depuis son mariage avec
le capitaine, parce qu'il avait presque toujours
vécu à l'étranger, secrétaire d'ambassade et mi-
nistre plénipotentiaire.

Les curieux faisaient le tour de l'église pour
dévisager la mariée ; on était un peu revenu de la
première admiration ; c'est qu'en effet, cette jeune
fille — je veux dire la jeune femme — appartenait
à la galerie des beautés discutables.

On disait de Mathilde, pour la peindre d'un
mot : Oh ! comme elle serait laide si elle n'était
pas jolie !

Elle avait cette beauté du diable qui n'a que des
quarts d'heure. Il faut que la beauté du diable, si
on nous permet cette image, soit toujours à la fenêtre pour rayonner : si elle rentre chez elle elle
perd tout son prestige.

Ainsi, quand Mathilde ne mettait pas toutes

voiles dehors, ses regards humides traversés d'é-
clairs, ses belles dents souriantes, son air provocant
sous je ne sais quel voile d'ingénuité ; si sa figure
était au repos, elle ne gardait plus rien de son prestige ; il semblait que le demi-jour se fût fait sur
elle.

On pouvait alors analyser sa figure. Le front
était trop grand, le nez était trop court ; les joues
n'avaient pas cette grâce exquise du contour que
les sculpteurs caressent de la main en laissant
tomber leur ciseau ; les lèvres pâlissaient avant
l'heure , parce que Mathilde les avait voulu
trop colorer. On ne brave pas impunément la vérité.

Elle était donc condamnée à être toujours sur
sa porte, pour continuer la métaphore ; du reste,
c'était dans sa nature, car celle-là n'était pas médi-
tative pour deux sols : vivre au jour le jour,
cueillir l'heure et le moment, c'était sa philosophie
inconsciente. Dès qu'elle se repliait sur elle-même,
elle se trouvait mal chez elle ; son miroir l'aver-
tissait bien vite qu'elle n'était pas sous les armes,
aussi se dépêchait-elle de se sourire à elle-même
pour se prouver qu'elle était toujours l'irrésistible
et l'incomparable.

Ce n'était d'ailleurs pas seulement par la figure

que Mathilde charmait tout le monde. Elle était
svelte et bien faite, avec des mains charmantes et
de jolis pieds. Elle s'était comparée à Diane chasseresse qu'elle n'avait jamais vue. Le compliment
lui était resté : les femmes ne sauraient trop donner
le mot à leurs amoureux. Mathilde ne ressemblait
pas au type cher aux Grecs du temps de Praxitèle
et aux Parisiens du temps de la Renaissance, sinon
par la beauté du corps, car la figure n'avait rien
des Dianes antiques ni des Dianes du xvie siècle.
Mais comme les hommes du monde n'ont pas
dans l'œil le compas de l'artiste, ils continuaient
à la comparer à l'adorable chasseresse qui a fou-
droyé Actéon.

Qui épousait Mathilde ? Le prince del Renozzi,
un Napolitain, qui avait un palais à Naples et
un château dans les Calabres. C'était un homme
de haute famille que plus d'un prince régnant appelait « Mon cousin. » Il n'avait guère qu'une
fortune napolitaine, mais qu'importe, puisque
Mathilde lui apportait à peu près trois cent mille
livres de rente en dot : trois millions placés chez
les Rothschild de Londres et trois millions chez
les Rotchschild de Paris. M. d'Armeville avait dit
à la mariée :

« Vous pourrez dépenser mille francs par jour,

mais prenez garde, par le temps qui court, c'est moins que rien. »

Naples crée de fort beaux hommes, mais le prince del Renozzi n'avait pas été taillé en plein drap, car il n'était pas étoffé dans sa nature. Quoiqu'il eût une tête énergique, il n'avait pas la désinvolture d'un homme qui prend ses coudées franches. Il avait adoré sa femme à première vue. Mathilde ne s'était pas prise pour lui d'une grande passion. Il lui semblait qu'un mari se prenait comme une robe. Les unes sont gaies, les autres sont tristes; les unes sont décolletées, les autres sont montantes. Elle n'avait pas pensé qu'un mari pût durer plus longtemps qu'une robe. Le marquis d'Armeville, son parrain, l'avait surtout décidée en lui disant qu'il fallait être princesse. Or, comme elle savait son origine pleine de ténèbres, comme elle était fille naturelle et que sa famille ne l'avait pas reconnue, elle ne pouvait pas choisir parmi tous les princes de l'Europe; il y en a encore plus d'un qui veut épouser une fille légitime. Si l'argent ne fait pas le bonheur, il ne fait pas l'honneur non plus.

Fille naturelle ! ce mot avait blessé à vif Mathilde, qui ne pardonnait pas aux autres femmes d'avoir un père et une mère de par la loi; un

fond d'amertune avait empoisonné son cœur.
Jusqu'à son mariage, il lui avait fallu garder
l'humilité d'une situation douteuse, mais maintenant elle allait vivre sous le drapeau de son mari,
et elle se jurait de prendre sa revanche. Elle serait princesse avec les princesses, elle le serait
aussi avec celles qui ne le sont pas.

C'était un malheur pour elle de n'être pas restée chez la sage-femme avec ses deux sœurs d'occasion, Léonie et Madeleine. Elle y eût été élevée
dans la simplicité des mœurs bourgeoises, sans
être emportée mal à propos par les aspirations
de l'orgueil. Mais ce que je dis là est une bêtise,
parce qu'on ne change pas sa nature : Mathilde
était née pour la domination et la tempête.

L'orgueil devait tout gâter chez elle, même les
joies du cœur, quand l'amour viendrait.

Après la cérémonie du mariage, quand trois
cents familles des plus beaux noms se furent cou-
doyées dans la sacristie, pour féliciter le marié et
la mariée, on alla luncher en très-petit comité
dans un hôtel de la rue Saint-Dominique où le
duc de Marigny revenu à Paris avait donné
l'hospitalité au marquis d'Armeville et à sa filleule, Mlle Mathilde.

Après le lunch, pendant que les épousés se dis-

9

posaient à faire un tour de lune de miel à Fontainebleau, le marquis se mit en campagne pour retrouver la sage-femme.

Depuis son entrée à l'église, l'adorable figure de Madeleine était restée sous ses yeux.

V

UN SOUFFLET QUI N'EST PAS VOLÉ.

E marquis d'Armeville découvrit, sans trop de peine, que Rose Dumay était maintenant Mme Templier ; deux heures après la cérémonie du mariage de Mathilde, à Sainte-Clotilde, il sonnait à la porte du capitaine. Ce fut tout justement Madeleine qui lui vint ouvrir.

Une seconde fois il ressentit un coup violent au cœur.

— Mademoiselle, dit-il à la jeune fille, voulez-vous dire à votre mère...

— Ma marraine, monsieur.

— Voulez-vous lui dire qu'il faut que je lui parle ?

Madeleine avait ouvert la porte du salon.

— Voulez-vous entrer? monsieur. Je vais pré-
venir ma marraine.

Le marquis ne fut pas trop surpris de se trouver dans un vrai salon parisien style Louis XVI,
ameublement simple et riche, rideaux à l'italienne, tapis de Perse. On ne pouvait pas mieux
faire dans un appartement quand un architecte
bourgeois vous force à vous encadrer dans son
goût.

Le marquis vit tout à coup entrer la cuisinière,
qu'il connaissait bien, et qu'il reconnut malgré
les ravages des temps.

— Madame vient tout de suite, monsieur le
marquis. Ah! que je suis heureuse de vous
voir.

— Et moi donc! s'écria M. d'Armeville qui
n'était pas fâché de cette entrée en scène.

Thérèse voulait rebrousser chemin, il la re-
tint.

— Un instant, dites-moi donc par quel mira-
racle vous êtes dans un pareil luxe?

— Ah! ce sont nos jeunes filles, car elles veu-
lent que tout soit bien chez nous.

— Vous avez donc plusieurs jeunes filles?

— Vous savez bien que nous en avions trois;
vous nous en avez pris une, il nous en reste

deux ; vous voyez que je sais encore bien faire une soustraction.

Le marquis, emporté par sa légitime curiosité, ne craignit pas d'ouvrir son cœur à Thérèse.

— J'ai bien peur que vous n'ayez mêlé les cartes. Je suis sûr que je vous ai repris une fille qui n'était pas la nôtre.

— Ah ! monsieur, pouvez-vous dire ça !

— Vous êtes bien sûre que les nourrices dans le tohu-bohu des premiers jours ne se sont pas trompées de berceaux?

La cuisinière laissa échapper un cri de vérité :

— Comment pouvaient-elles se tromper de berceaux, puisque les petites filles étaient couchées dans le même lit?

Sur ces paroles arrachées par la vérité, Mme Templier entra dans le salon.

— Monsieur le marquis, je vous demande pardon, mais je venais de me déshabiller ; il m'a bien fallu deux minutes pour n'être pas trop indigne de paraître devant vous.

— Vous savez bien qu'avec moi il n'y a pas de façons à faire.

— Voulez-vous que je vous présente mon mari ?

— Non, tout à l'heure, présentez-moi plutôt

cette charmante jeune fille qui était avec vous à Sainte-Clotilde.

Comme Mme Templier était toujours gaie et qu'elle disait ce qui lui passait par la tête, elle ne surprit pas trop le marquis par ces mots :

— Est-ce que vous venez me demander sa main ?

— Pourquoi pas, dit le marquis, je pourrais faire une plus mauvaise fin. Mais rassurez-vous, si je veux voir cette jeune fille, c'est parce qu'elle m'a rappelé la terrible aventure que vous savez.

La ci-devant sage-femme joua l'innocence.

— Pourquoi donc ?

— Pourquoi ? c'est que c'est le portrait vivant de la duchesse.

Une pâleur subite passa sur la figure de Mme Templier.

— Et moi qui voulais vous demander la grâce d'être présentée à la mariée d'aujourd'hui.

— Ma chère amie, la mariée d'aujourd'hui, j'ai bien peur qu'elle ait pris la place d'une autre.

Mme Dumay comprit que sa situation était des plus critiques.

— Rassurez-vous, monsieur, il y a eu une

substitution là-bas, où vous m'avez conduite, mais il n'y en a pas eu chez moi. Je veux bien vous présenter cette jeune fille, qui n'a aucune raison de se croire fille de la duchesse...

— Chut, vous êtes trop brave et trop franche pour que je permette un mensonge à votre bouche. Je sais déjà que cette jeune fille est ma filleule, car je n'ai pas oublié les trois baptêmes de Saint-Philippe du Roule.

Mme Templier se mordit les lèvres. Elle sonna. une femme de chambre bien stylée parut, elle lui ordonna d'amener Madeleine et Léonie qui ne se firent pas trop attendre.

Madeleine reparut dans sa charmante simplicité, Léonie fit des mines en entrant, on voyait que la coquetterie armait son cœur.

— Voilà vos filleules, monsieur le marquis.

— Tudieu, comme elles sont belles !

— Mais oui, plus jolies l'une que l'autre.

— Je vous remercie de m'avoir chargé de répondre de leur salut.

— Vous avez l'air de railler, mais soyez tranquille, je réponds de ces deux-là.

— Et moi, je ne réponds pas de la troisième.

— Est-ce qu'elle ne ressemble pas à...

— Pas du tout.

— Quand elle avait six mois c'était à s'y mé-
prendre.

— Et voilà pourquoi...

Le marquis n'acheva point. Il regardait Madeleine avec un sentiment de sympathie et de regret.
Il semblait dire que celle-là seule était digne d'être
la fille de la duchesse. Il questionna les deux jeunes filles sur leur vie intime, leurs penchants,
leurs habitudes, leur amour du monde ou de la
maison.

Il apprit que Léonie aimait le monde et
Madeleine aimait la maison. Mme Templier,
femme prévoyante, voyant qu'elle n'avait rien à
attendre de leur famille, avait voulu que toutes
les deux fissent quelque chose. Léonie dessinait,
Madeleine jouait du piano. Mais si la musique
était devenue un art et une passion pour Madeleine, la peinture n'était qu'un passe-temps pour
Léonie; pourtant elle ne manquait pas de talent,
disait le capitaine en voyant les caricatures
qu'elle faisait de lui.

Quand M. d'Armeville se retrouva seul avec
Mme Templier il lui ouvrit son cœur en la sup-
pliant d'en faire autant.

— Je vous réponds, lui dit-il, maintenant que
j'ai vu Madeleine, que celle-là est la fille de la

duchesse; les mêmes cheveux, le même profil, les mêmes yeux, la même bouche.

Et il ajouta :

— La même fragilité ! Ces créatures ne sont pas nées pour la terre ; cette jeune fille m'effraye, elle ne vivra pas plus que sa mère.

— Ah! monsieur le marquis, ne me dites pas cela.

— Voyez-vous, jamais Mathilde n'a été la fille de la duchesse. D'abord elle est devenue brune, elle a des dents mal rangées, un nez trop court ; elle est jolie pourtant, mais elle n'a pas ce charme pénétrant que possèdent les deux autres, surtout Madeleine. Bien décidément c'est une enfant changée en nourrice. Je n'en dirai rien au père, il est bien assez malheureux comme ça.

Le marquis avait des larmes dans les yeux.

— Le pauvre homme! quoique sa fortune fût bien réduite, il a donné cinq à six millions à cette fille qui n'est pas sa fille, et qui ne l'a jamais regardé d'un œil de fille.

Mme Templier se mit à pleurer aussi.

— Je vous jure, monsieur le marquis, que j'ai agi selon mon cœur et selon ma conscience.

— Quel malheur, que je ne sois pas venu vous voir hier avant le mariage à la mairie! Ce mariage ne se fût pas accompli.

Mme Templier semblait réfléchir.

— Cinq à six millions, dit-elle, pourquoi le duc ne les retiendrait-il pas?

Elle pensait que par son imprudence elle dépouillait peut-être Madeleine d'une telle fortune.

— Il est trop tard, dit le marquis.

— Après cela, il ne faut pas tous les biens du monde pour vivre; la moitié de ce que j'ai sera pour Madeleine, c'est réglé depuis longtemps. Mon mari a même voulu que le peu qu'il a fût donné à nos deux orphelines.

Le marquis était si profondément attristé que Mme Templier n'osait le regarder en face. Lui-même ne semblait rien voir autour de lui. Tout à coup il aperçut Mme Templier agenouillée devant lui.

— Monsieur, lui dit-elle, je vous demande pardon; si on a pris une enfant pour une autre, je m'en lave les mains, mais je vous avouerai que moi-même je n'ai jamais été sûre que les trois petites filles fussent bien marquées. Toutes les trois étant enveloppées de langes de ma maison, il a donc pu arriver que les nourrices se soient trompées.

Le marquis tendit la main à l'ancienne sage-femme :

— Je n'accuse pas votre cœur, mais vous auriez dû veiller pour la vraie mère. Vous êtes bien coupable.

— C'est vrai ; aussi ce n'est pas d'aujourd'hui que je pleure. L'amour que j'ai voué aux deux filles qui me sont restées vient de là. Je me disais : si par hasard c'est l'une d'elles qui est la fille de la duchesse, il ne faut pas qu'elle soit malheureuse. J'ai donné tout mon cœur, tout mon temps, toute ma vie à Léonie et à Madeleine.

— C'est une fatalité. Ah ! que ne suis-je venu vous voir il y a deux jours !

— Après ça, si ce pauvre duc est trop malheureux, nous lui donnerons Madeleine.

— Peut-être ; mais nous ne pourrons pas donner à Madeleine les millions que le duc a donnés à Mathilde.

. . . .

Pendant que le marquis était chez Mme Templier, voici ce qui se passait dans l'hôtel de la rue Saint-Dominique, où le duc avait pris pied depuis quelques mois.

Les mariés avaient dû partir pour Fontainebleau, — partir en chaise de poste comme au bon temps. — Les chevaux attendaient déjà dans la cour, piaffant et secouant leurs grelots. Mais le prince del Renozzi avait quelques affaires à régler avant son départ : il demanda une heure à sa femme. Mathilde lui avoua qu'elle trouvait bien singulier qu'il eût d'autres affaires à régler que celles de son hyménée.

— Je suis curieuse, monsieur, de savoir ce qui peut vous attarder une heure à Paris.

Quoique pensionnaire la veille, Mathilde était déjà femme, — femme jusqu'au bout des ongles pour tourmenter les hommes.

Son mari ne sut trop que lui répondre.

— Voyons, monsieur, expliquez-vous ! avez-vous oublié de payer mon alliance, votre habit de noce, vos bottines de voyage ?

— Ne rions pas, Mathilde, je vous jure que c'est sérieux, je vous dirai cela sur la route de Fontainebleau.

Mathilde n'insista point, parce qu'une idée lumineuse venait de lui traverser l'esprit.

— Eh bien ! monsieur mon mari, je vous donne une heure.

Là-dessus un baiser sur le front de la mariée et une disparition soudaine.

Mathilde sonna sa femme de chambre :

— Maria, on m'a répondu de vous comme d'une forte tête, j'ai lu des romans, je connais les hommes, j'ai la seconde vue, eh bien, je suis sûre que monsieur mon mari, dès qu'il va avoir mis de côté son habit de marié, comme un masque d'imbécillité, va courir chez sa maîtresse pour lui demander pardon de m'avoir épousée ou plutôt pour se réjouir des six millions que je lui apporte en dot.

La femme de chambre fut un instant sans répondre; mais voyant bien qu'elle avait affaire à une femme qui ne s'en laisse pas conter, elle lui dit carrément :

— Eh bien! madame, c'est mon opinion.

— Voilà! ces messieurs sortent de chez leurs maîtresses pour immoler l'agneau sans tache.

— Oui, madame, c'est comme ça : aussi moi, je me suis mise en garde contre de pareilles prétentions.

— Eh bien, monsieur mon mari n'immolera pas l'agneau sans tache; je lui ferai ce soir une jolie réception.

Tel était le langage de Mathilde. Les mœurs américaines ont pénétré en France jusque dans les couvents; on y parle de Dieu, mais on y parle aussi de M. de Cupidon. Il est bien peu de ces demoiselles qui ne sachent les mystères de la vie moderne. Le rôle d'ingénue n'existe plus que dans la vieille comédie. La plus innocente a feuilleté le dictionnaire du boulevard des Italiens.

— Maria, reprit Mathilde, rien ne me coûtera pour savoir où ira mon mari. Le voilà qui descend, sautez dans une voiture, suivez-le à tout prix, sachez où il va, interrogez tout le monde, même sa maîtresse. Avec de l'argent, on achète le secret de ces femmes-là. Je ne partirai pour Fontainebleau que vous ne soyez revenue.

La femme de chambre semblait hésiter, mais Mathilde lui dit d'un air impérieux :

— Je vous chasse, ou je fais votre fortune.

Maria ne voulut pas être chassée, elle s'envola comme un oiseau. Sans doute, elle rejoignit le duc, car une heure après elle rentrait d'un air victorieux.

— Eh bien, Maria ? lui demanda Mathilde, qui avait plus d'une fois frappé du pied et soulevé le rideau, dans son impatience.

— Eh bien, madame, « ça y est. » J'ai suivi M. le prince, il est allé droit à la rue Royale, au coin de la maison de la rue Saint-Honoré ; je n'ai fait ni une ni deux : je suis entrée dans la maison et j'ai donné vingt francs au concierge, qui m'a appris que Mlle Caroline faisait le bonheur de quelques-uns de ces messieurs, du prince, par exemple. Celui-là a ses grandes et petites entrées; ce qu'il y a de plus drôle, c'est que cette demoiselle revenait de Sainte-Clotilde. Rien que ça! elle avait voulu se payer le plaisir de vous voir.

— Ah! comme je me vengerai! s'écria Mathilde.

Elle saisit un petit vase de Chine sur une console et le brisa en éclats sur les chenets.

— Je ne me suis pas arrêtée aux chansons du concierge, madame; pour en apprendre plus long, j'ai fait jaser la femme de chambre de la dame. Elle mène grand train, cette fille; aussi, on posait hier des affiches pour la vente de son mobilier, car M. le prince est comme beaucoup d'Italiens, il dit que l'amour c'est l'argent des autres. Après ça, s'il n'en donne pas, c'est qu'il n'en a pas; mais sans doute il a rassuré les créanciers, car on n'a pas vendu le mobilier de Mlle Caroline. Madame veut-elle en savoir davantage?

La femme de chambre, une fieffée coquine, regardait la jeune mariée d'un air malin.

— Non, dit Mathilde indignée, je ne veux plus rien savoir.

A peine disait-elle ces mots que le prince entra.

— Eh bien ! ma chère Mathilde, dit-il d'un air dégagé, partons-nous tout de suite ?

Il s'approcha de sa femme qui le regarda hautaine et dédaigneuse.

Elle fit un pas vers lui.

Il lui passa le bras à la ceinture pour l'embrasser ; mais comme il se penchait elle le souffleta.

— Voilà qui n'est pas volé ! dit la femme de chambre qui s'était enfuie.

VI

LES ORAGES D'UNE JEUNE MARIÉE

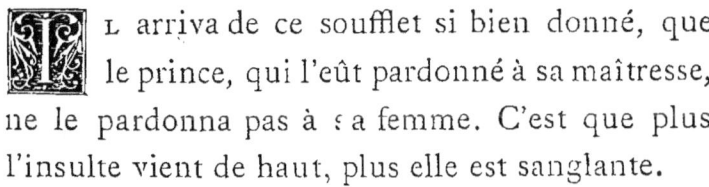 L arriva de ce soufflet si bien donné, que le prince, qui l'eût pardonné à sa maîtresse, ne le pardonna pas à ſa femme. C'est que plus l'insulte vient de haut, plus elle est sanglante.

— Madame, dit-il en pâlissant d'une joue, — l'autre était toute rouge, — les princes del Renozzi n'ont jamais reçu un soufflet.

— Eh bien, monsieur, répondit Mathilde avec un beau sourire impertinent où elle montrait ses dents mal rangées mais aiguës, mettez ce soufflet-là dans le blason des princes del Renozzi.

Et comme si ce n'était pas assez, elle ajouta :

— C'est un commencement.

— Non, madame, c'est la fin, car tout est fini entre nous.

— Eh bien, monsieur, franchement, j'aime mieux que tout soit fini avant de commencer.

Ces mots furent suivis·d'un silence. Le prince comprenait qu'il n'avait pas le beau rôle; sa femme ne lui avait rien dit, mais il pressentait qu'on lui avait parlé de sa maîtresse. Il baissa le ton.

— Voyons, dit-il, vous êtes un peu vive, ma chère; nous sommes seuls, ayons une bonne ex-plication, il ne faut pas briser notre vie à tous les deux, faute de nous entendre.

Mais Mathilde ne baissa pas le ton.

— Mon cher monsieur, si vous voulez avoir une explication, allez chercher Mlle Caroline de Je ne sais quoi, et nous causerons tous les trois.

— Je ne sais pas ce que vous voulez dire.

— Le lâche! s'écria Mathilde en reprenant son indignation : c'est le mensonge après l'infamie.

Le prince ne voulait pas perdre la partie.

— Mon Dieu, ma chère amie, puisque vous savez tout, comme disent les femmes, vous de-vriez savoir qu'il n'est pas un homme à Paris qui ne se soit marié sans avoir une maîtresse; on liquide cela à l'échéance, comme une affaire de Bourse.

— Oh ! je connais les termes, monsieur, on ne liquide pas cela, on reporte cela. Mlle Caroline de Je ne sais quoi est venue ce matin à la messe de mariage pour juger à ma figure si elle avait à craindre d'être dépossédée.

— C'est impossible.

— N'est-ce pas que je suis bien renseignée ? Le prince avait adouci sa figure jusqu'à l'amour.

— Puisque vous êtes si forte, je sens que je vais vous aimer beaucoup. Voyez-vous, Mathilde, une femme d'esprit comme vous l'emporte toujours sur une grue quelconque.

— Mon cher monsieur, votre encens est trop grossier.

Il y a des sentiments qu'on ne peut cacher. Le prince n'avait si bien remis sa bouche en cœur, que parce qu'une idée capitale avait passé sur son front. Ce qui l'avait surtout décidé à ce mariage, ce n'était pas la beauté plus ou moins connue ou méconnue de Mathilde, c'étaient les millions que lui donnait le duc. Ce n'était pas par amour pour elle qu'il avait passé le Rubicon de sa dignité en épousant une fille naturelle. Mais s'il divorçait, ou plutôt s'il se séparait le jour même de ses noces, il comprenait qu'il n'allait rien toucher de cette fortune.

Il avait fait des prodiges pour remplir la corbeille. Qu'allait-il devenir? Lui marié sans femme
et prince sans argent! Cette idée, qui le ramenait
au grand galop vers Mathilde, éclaira la jeune
femme d'une vive lumière. Il arrive souvent qu'un
sentiment tout personnel du mari passe comme
par miracle dans l'âme de la femme ou dans
l'âme de la maîtresse. Peut-être que Mathilde
eût pardonné à son mari après le soufflet, s'il
se fût montré fier et digne, mais elle vit trop
que ce n'était pas pour elle qu'il voulait la recon-
quérir.

— Non, non, monsieur, les chevaux vous atten-
dent, allez prendre votre maîtresse et partez pour
Fontainebleau.

Le prince tendit la main à sa femme.

— Voyons, Mathilde, je vous demande pardon,
donnez-moi votre main.

Mathilde eut un sourire d'amère raillerie.

— Ma main pleine d'or, n'est-ce pas ?

Pour cette fois le mari fut frappé en pleine poitrine, parce que c'était la vérité. Il ne se contint
plus, il s'emporta et dit d'une voix haute :

— Madame, je suis le maître.

A ce mot, la jeune mariée, qui ne voulait pas de
cette humiliation, saisit sur la console le second

vase de Chine et le jeta dans la glace de la cheminée qui vola en éclats.

Mathilde jugea qu'il n'y avait pas d'autre réponse.

Le prince sortit exaspéré pour ne pas battre sa femme.

Cependant tout l'hôtel était sens dessus dessous : l'orage s'était amoncelé dans tous les coins. Un domestique entra chez Mathilde et lui demanda si elle voulait recevoir M. le duc de Marigny.

— Oui, dit-elle bravement.

Le duc entra.

VII

LE CRI DU CŒUR

ATHILDE, qui savait se dominer, alla à sa rencontre, avec une figure sereine et souriante.

— Qu'est-ce que tout ce bruit? demanda le duc, qui ne savait rien, mais qui pressentait tout.

— Oh n'ayez pas d'inquiétudes! cette glace vient de se briser; c'est, dit-on, de mauvais augure, un jour de noces; mais je ne crois pas à toutes ces prédictions : il n'y a plus ni sibylles, ni sorcières.

— Et pourquoi n'êtes-vous point partis, vous et lui, pour Fontainebleau?

— Je vous dirai cela. Ce voyage m'a effrayée, je

me trouve si bien ici, à côté de vous, que je me suis figuré que je partais pour l'exil.

Le duc fut touché au cœur. Il prit la main de Mathilde et la baisa au front. Mathilde se jeta sur son cœur en pleurant.

— Eh bien, restez ici, mon enfant.

Le duc avait appelé Mathilde mon enfant par manière de parler, mais il ne lui avait rien dit qui pût lui faire croire qu'elle fût sa fille. Il attendait l'occasion. Il avait vu avec chagrin qu'elle lui parlait toujours avec beaucoup de respect et de froideur. Il aurait voulu qu'elle s'abandonnât pour s'abandonner lui-même. Mais ce jour-là, comme c'était un grand jour, il avait son secret sur les lèvres et quand il vit Mathilde sur son cœur, il n'y tint plus.

— Mathilde, lui dit-il d'une voix émue, ne pouvant lui-même retenir ses larmes, je veux aujourd'hui vous dire toute la vérité :

Vous êtes ma fille.

Cette Mathilde était une étrange et inexplicable nature; jamais l'orgueil n'avait si bien tué le cœur d'une femme. Elle ne s'était jetée dans les bras du duc que comme un oiseau poursuivi à la chasse se jette les ailes contre terre. Toute autre fille naturelle se fût noyée avec délices dans cette effusion d'un père retrouvé, mais Mathilde était une de ces exceptions qui dérouteront toujours le moraliste et le philosophe.

Elle se jeta hors des bras de son père.

— Vous êtes mon père, monsieur ? dit-elle en le regardant d'un regard d'acier. Non, vous n'êtes pas mon père, car si vous étiez mon père, vous ne m'eussiez pas condamnée à épouser cet homme. Si vous étiez mon père, je ne serais plus une fille naturelle. Si vous étiez mon père, je n'aurais pas vécu sans famille jusqu'aujourd'hui. Vous m'avez retirée hier de prison, le couvent des Oiseaux, pour me jeter dans une prison bien plus noire, celle d'un mauvais mariage. Si vous étiez mon père, vous n'eussiez pas voulu m'enchaîner à un pareil homme, qui me trahissait hier quand j'étais sa fiancée et qui me trahit aujourd'hui quand je suis femme.

Le duc souffrait horriblement, mais il se contenait. Il expiait une fois de plus son crime, il pensait à sa femme et se croisait les bras sur son cœur, comme pour lui demander pardon.

Mathilde était terrible : au lieu de se poser en fille résignée et en épouse désolée, elle levait la tête comme une accusatrice.

— Pour ne pas avoir été reconnue, il fallait

donc que ma mère fût bien infâme ? monsieur.

Le père qui était brisé en deux sur un fauteuil
se leva d'un bond pour fermer la bouche de Mathilde.

— Malheureuse fille ! lui dit-il, ta mère c'était
la plus sainte des femmes.

— Oh ! je ne vous crois pas. Si ma mère eût été
la plus sainte des femmes, je ne serais pas de ce
monde sans doute. Je vois bien ce qui s'est passé,
vous aurez séduit quelque malheureuse.

Le duc était exaspéré.

— C'en est trop ! s'écria-t-il.

Il avait repris toute sa fierté de race et s'était
élevé jusqu'à la plus violente indignation. Il saisit
la main de Mathilde :

— Pas un mot de plus, madame, ou je vous jette
à mes pieds ! Votre mère qui nous juge, ne vous
pardonnera pas.

— Eh ! que m'importe le pardon de cette femme
qui ne m'a pas reconnue !

La jeune mariée bravait son père comme elle
eût fait du premier venu. Cette fois il n'y tint
plus ; il la repoussa si violemment qu'elle alla
tomber sur le canapé. Mais elle se releva comme une
lionne, elle éclata dans sa colère, elle menaça le
duc de crier qu'il l'avait battue.

Jamais M. de Marigny n'avait imaginé une pareille injure filiale. Il lui était impossible de comprendre cette colère et cet égarement. Il avait pendant dix-huit ans contenu son cœur en gardant son secret; il avait veillé sur Mathilde avec une sollicitude discrète, mais en toute bonté de cœur; elle avait vécu au couvent comme toutes les jeunes filles; mais n'y avait-elle pas été caressée par toutes les douceurs et par toutes les prodigalités? L'heure du mariage était venue; n'était-ce donc pas assez de lui avoir donné tout d'un coup un titre de princesse et trois cent mille livres de rente? Il venait enfin à elle en toute effusion pour lui dire : « Je suis ton père » ; pour pouvoir lui ouvrir ses bras, pour l'appuyer sur son cœur...

Mais tout cela n'était qu'un rêve, cette fille dénaturée ne voulait pas reconnaître son père, et elle insultait à la mémoire de sa mère.

— Que la volonté de Dieu soit faite! dit le duc en rouvrant la porte pour s'en aller.

Comme il rentrait dans le salon, il vit venir à lui le marquis d'Armeville ; il l'entraîna dans sa chambre et il lui conta ce qui venait de se passer.

L'étreinte que lui avait refusée sa fille, le marquis la lui donna en sanglotant.

— Ah! mon ami, qu'avons-nous fait?

— Oui, Dieu me punit cruellement, car j'ai deux enfants qui ne m'aiment pas; mais je crois que celui qui n'est pas mon fils m'aime encore plus que celle qui est ma fille.

Le marquis se tint à quatre pour ne pas dire au duc:

« Votre fille n'est pas plus votre fille, que votre fils n'est votre fils. »

En effet, il n'y avait plus de doute pour lui, non-seulement parce qu'il avait vu la duchesse dans la figure de Madeleïne, mais aussi parce que Mathilde était une fille sans cœur, indigne de la duchesse.

Mais le marquis ne voulut pas accabler le duc par cette révélation inattendue.

— Non, non, se dit-il, l'heure n'est pas venue, et d'ailleurs, je puis encore me tromper.

Cependant, quand la jeune mariée se trouva seule en face de sa glace brisée, elle fut quelque peu effrayée du rôle violent qu'elle jouait. Elle avait obéi à sa terrible nature, mais elle se demandait si la raison ne devait pas maîtriser ses colères.

En effet, qu'allait-il se passer? Elle avait fâché tour à tour son mari et celui qui se disait son père, celui qui lui avait donné les plus éloquentes marques de bonté : Lui pardonneraient-ils tous les deux ?

— Tant pis ! dit-elle, ce n'est pas moi qui irai m'humilier devant eux.

Elle réfléchit pourtant que si elle avait donné dent pour dent à son mari, elle avait bien mal-traité ce pauvre duc, qui était venu à elle emporté par son cœur. Elle pensa à aller se jeter à ses pieds, mais son abominable caractère l'enchaîna dans son orgueil.

— Non, dit-elle, je ne suis pas une petite fille qui demande pardon. Advienne que pourra, le sort en est jeté !

Comme elle mesurait d'un regard incertain son avenir troublé, Mlle Maria entra sur la pointe des pieds ; elle avait tout entendu, mais elle s'était tenue coi dans la peur du prince et du duc.

— Eh bien, madame, voilà du nouveau.

— Oh ! ce n'est pas fini, murmura Mathilde en secouant la tête. Où est le prince ?

— Madame la princesse n'a donc pas entendu ; le prince est monté dans la chaise de poste. Fouette cocher, le voilà parti.

— Où donc peut-il être allé ?

— Ah! madame, il est capable de tout : Fouette cocher ! il emmène peut-être à Fontainebleau Mlle Caroline de Jenesaisquoi...

— Pourquoi pas !

— Un peu plus tôt, un peu plus tard...

VIII

LA FILLE DU DIABLE

E prince del Renozzi n'était pas précisément monté en chaise de poste pour conduire sa maîtresse à Fontainebleau , ne pouvant y conduire sa femme. Mais il avait voulu braver cette implacable mariée.

D'ailleurs il était dans une telle agitation qu'à moins de faire sauter la maison il fallait qu'il sautât dehors lui-même. Quand on ne sait quel parti prendre , on s'imagine qu'en changeant de place on trouvera mieux son chemin à suivre.

Naturellement le prince del Renozzi n'alla pas faire un tour au Bois de Boulogne, quoique ce ne fût pas encore l'heure du lac. Il prit le boulevard Saint-Germain et ordonna au postillon de suivre les quais jusqu'à Passy : le temps de fumer deux cigares. Les cigares aussi portent conseil.

Il en était à son second cigare, lorsqu'il aperçut un de ses amis au coin du pont de l'Alma. C'était le vicomte de Myra, un homme bien connu dans la société parisienne par ses excentricités. Il comptait les secondes comme on compte l'argent, il disait d'une femme : Elle vaut un jour, une heure ou cinq minutes. Aussi vivait-il sa montre à la main, ne permettant pas à un homme d'esprit de faire attendre son mot ou à une femme de cœur de faire attendre sa chute.

Et chez lui il n'y avait point de quart d'heure de grâce : toute heure était pour lui l'heure militaire. Il jouait un jeu d'enfer à la Bourse et au club. Mais au club comme à la Bourse, il ne s'attardait pas quand l'heure avait sonné. C'était un tic. Quelques-uns disaient que c'était un caractère.

Il allait ce jour-là chez un colonel de ses amis qui lui rapportait d'Alger des reliques de famille. Il avait fait une apparition à Sainte-Clotilde, mais il n'en avait pas perdu ses heures de Bourse pour cela.

— Que diable fais-tu sur ce pont ? lui cria le prince.

— Comment c'est toi... tout seul... Léo ?

C'était le petit nom du prince. Les chevaux s'étaient arrêtés.

— Oui, monte donc avec moi, j'ai un conseil à te demander.

— Je veux bien te le donner, mais à la condition que tu ne le suivras pas.

Et le vicomte monta.

— Tu sais, mon cher prince, que tu as une femme charmante. Moi qui n'ai pas le sou, je donnerais un million pour en avoir une pareille.

— Tu crois ?

— Une femme qui apporte six millions en dot, six millions et une figure...

— Tu trouves ?

— Comment, tu n'es pas plus amoureux que ça. Elle est charmante, cette jeune mariée !

— Oui, oui, elle a du chien, elle mord.

— Traduis-moi ce joli argot.

— Je veux dire que Mathilde est charmante, mais qu'elle promet d'être difficile à tenir.

— Comment, elle t'a déjà montré son caractère.

— Oh ! mon Dieu, oui. Nous avons commencé non pas par nous embrasser; mais par nous prendre aux cheveux.

— Elle a les plus beaux cheveux du monde.

— A cela près, qu'elle est brune, car moi j'aime les blondes.

— Oui, ta maîtresse est blonde, j'espère bien que tu vas liquider ça. Les millions dorent joliment les cheveux d'une femme. Vois-tu, mon cher prince, je ne suis pas sérieux, mais pour moi, l'arche sainte c'est le mariage, surtout quand on a fait naufrage comme toi et moi.

— Je ne te croyais pas si vertueux.

— C'est comme ça que je suis.

Le prince raconta au vicomte la scène conjugale qui avait suivi la cérémonie. Naturellement, il se donna le beau rôle.

— Qu'est-ce que cela ! lui dit M. de Myra. Les chevaux de race s'emportent facilement, mais voudrais-tu leur préférer un cheval de fiacre ? Ce que tu me contes là, va me faire adorer ta femme.

— Mais, mon cher ami, j'ai reçu un soufflet.

— La belle affaire, un soufflet de femme c'est une caresse.

— Une caresse violente. Dieu merci je crois que j'en porte encore la rougeur.

— Mon cher prince il faut prendre la femme comme elle est, surtout quand c'est sa femme.

— Eh bien, veux-tu venir dîner avec moi ? Ça me fera une rentrée.

— Oh ! non, par exemple, entre l'enclume et le marteau il ne faut pas mettre la main ; mais ne t'inquiète pas, tu peux faire ta rentrée tout seul; tu te jetteras aux pieds de ta femme, tu joueras le grand jeu, tu lui diras que tu l'aimes...

— Eh bien, mon ami, le croirais-tu ? Je ne m'en doutais pas, mais je sens que je l'aime en effet.

— Pardieu, les grandes passions ne nous viennent pas en mangeant du miel.

Mais le vicomte avait déjà regardé trois fois l'heure à sa montre.

— Nous voilà au Champ de Mars, je t'ai donné cinq minutes, reconduis-moi en cinq minutes au pont de la Concorde, tu ne feras même pas mal de passer par ce pont-là.

Ce qui fut dit fut fait. Le prince conduisit son ami jusque devant l'Obélisque, après quoi il retourna droit chez lui.

Comme il s'était calmé, il s'imaginait que Mathilde n'avait plus de nuages dans son ciel, mais ce fut en vain qu'il demanda une audience.

Il compta sur le rapprochement forcé du dîner, car elle ne refuserait pas de dîner avec le duc et le marquis d'Armeville. Le duc trouverait sans doute très-naturel que le prince dînât à l'hôtel, puisqu'on n'était pas parti pour Fontainebleau.

En effet, on dîna ensemble.

Mathilde avait écrit un mot au duc pour lui exprimer tous ses regrets d'obéir ainsi à des colères aveugles. M. de Marigny s'était dit qu'après tout « sa fille » n'avait obéi qu'à sa dignité hautaine.

La mariée entra la dernière dans la salle à manger ; elle porta son front à baiser au duc et donna sa main au prince, qui lui tendait la sienne. Mais elle garda une fierté glacée et silencieuse. M. del Renozzi eut beau tenter toutes les amorces de la conversation, elle ne répondait que par monosyllabes, si bien qu'on finit par causer politique. Le prince se consolait en pensant que tout finirait bien dans la chambre nuptiale.

Après le dîner, on reçut quelques visites, ce qui jeta un peu de distraction dans le sérieux de la causerie. Une amie de Mathilde vint, qui chanta et joua du piano.

Quand on servit le thé, un air de gaieté s'était répandu sur les figures. Le prince était déjà aux anges.

A onze heures et demie, tout le monde s'en

alla. Les deux mariés se retrouvèrent face à face.

Mathilde avait trouvé un journal illustré et semblait perdue dans une lecture quelconque. Je crois qu'elle lisait en elle-même. M. Del Renozzi s'approcha d'elle à pas de loup, se pencha au-dessus de sa tête et lui baisa légèrement les cheveux. On eût dit, en voyant Mathilde retourner son front irrité, que c'était le diable qui l'avait touchée.

— Voyons, Mathilde, je vous aime et je vous demande pardon.

Mais cette femme, taillée dans le marbre ou dans le roc, ne s'humanisait pas si vite. Elle reprit sa lecture comme si le prince ne fût pas là.

— Mathilde, est-ce que vous ne montez pas dans votre chambre?

Elle eut un sourire terrible dans sa raillerie.

— Oui, oui, monsieur, je comprends, dit-elle. J'avais oublié que je fusse mariée, mais je monte tout de suite.

En effet, elle se leva, passa devant son mari et marcha rapidement vers l'escalier. Il la suivit à distance comme pour ne pas l'effaroucher et pour se retrouver lui-même, car il était tout dépaysé. Cet homme qui n'avait jamais eu peur des femmes, avait peur de sa femme. Et il avait d'autant plus peur, que bien décidément il aimait Mathilde.

Elle était à quatre marches en avant au-dessus de lui.

— Mathilde, voulez-vous mon bras ?

Elle fit semblant de ne pas entendre. Il tenta de la rejoindre, mais elle s'envola comme un oiseau. Il jugea qu'il devait lui donner le temps de se recueillir, d'autant qu'il vit la femme de chambre entrer chez elle. Il fit un signe à cette fille. Il aurait bien voulu la mettre de son côté, mais il s'y prenait trop tard. Il alluma un cigare et le fuma dans le petit salon du premier, se promettant de saisir la femme de chambre à sa sortie de chez Mathilde. Il espérait que personne ne surviendrait ; le duc et le marquis s'étaient retirés par discrétion ; mais il avait peur qu'ils ne fussent pas encore couchés.

Au bout d'une demi-heure, Maria traversa le petit salon.

— Maria, Maria, dit le prince en lui prenant le bras, je te donnerai demain vingt louis ; mais sois bonne fille ce soir.

— Oh ! je serai bonne fille pour rien.

— La princesse m'attend-elle ?

11

— Oh ! madame est un sphinx ; elle ne m'a pas dit un mot.

— Tu mens.

Maria eut la vertu de ne pas s'arrêter aux vingt louis du lendemain, car sur ce mot : « Tu mens ! » elle s'éloigna en toute hâte, quelque effort que fît le prince pour la retenir.

Il alla frapper à la porte de Mathilde, qui ne répondit pas. Il frappa une seconde fois, une troisième fois. La colère le reprit ; d'un coup de poing violent il força la serrure.

Et il vit Mathilde couchée, un roman à la main.

Elle lui jeta un regard terrible, avec un : — Que voulez-vous, monsieur ? — du plus haut dédain.

— Ce que je veux, dit-il en s'avançant vers le lit, c'est toi que je veux.

Mais il paraît qu'il n'arrivait pas dans un rayon sympathique, car la jeune mariée prit son bougeoir et lui dit gravement :

— Monsieur, si vous faites un pas de plus, j'allume les rideaux du lit.

Il ne prit pas cela au sérieux, il fit un pas de plus et Mathilde alluma les rideaux du lit.

Ce fut un vrai feu de joie, rapide, foudroyant, jetant des flammes éblouissantes.

Le prince, épouvanté, poussa un cri et se jeta sur Mathilde. La femme de chambre était survenue, suivie de la gouvernante, une curieuse.

Le prince se brûla les mains sans trouver sa femme. Elle s'était roulée dans la couverture de laine avec l'agilité d'une couleuvre.

Elle riait cruellement en pensant à l'effroi de son mari. Pour lui, il se brûla rudement les mains en arrachant les rideaux.

Son premier cri avait appelé toute la maison. Le marquis d'Armeville accourut. Quand il comprit ce qui venait de se passer, il murmura :

— De qui donc est-elle la fille, celle-là ?

Mathilde, qui avait entendu, lui répondit :

— Je suis la fille du diable.

IX

L'IMAGE D'UNE MORTE.

OMME tout est imprévu dans ce monde, vous ne vous êtes pas imaginé, sans doute, que cet incendie du lit nuptial allait allumer le cœur du mari et de la femme, surtout de la femme, qui semblait décidée à ne se soumettre ni à la loi ni à Dieu. Eh bien, ce fut cependant ce qui arriva.

Mathilde, qui avait passé de la colère au caprice, du romanesque à l'impossible, se prit soudainement, sur le coup de minuit, à regarder le prince avec des yeux plus doux.

Le prince, après tout, était un joli prince, e veux noirs, fine moustache, profil fier, teint légèrement bronzé, œil de feu, mais œil trom-

peur, mains vivantes, petits pieds, enfin un cavalier accompli pour les gravures de mode et pour
les filles à marier.

En le regardant bien on s'apercevait que l'om-
niscience n'avait pas tourmenté son front. Il avait
passé plus de temps chez le maître d'armes que
chez le maître de philosophie. C'était un homme
de surface comme il y en a tant, aussi loin du bien
que du mal. Mais le prince faisait plutôt le mal
que le bien, parce qu'il était doué de quelques-
uns des péchés capitaux.

Soit que la jeune mariée fût surexcitée par les
orages de la journée, soit qu'elle fût prise d'un
bon mouvement, soit qu'elle fût entraînée par la
curiosité, ce que je croirai plutôt, ce fut elle qui
se jeta dans les bras de son mari, qui, tout en-
chanté de la métamorphose, se disait sans cesse :
« Myra avait raison. »

Le déjeuner du lendemain ne ressembla pas du
tout au dîner de noce ; le marié et la mariée se firent
un peu attendre, mais ce ne fut pas sans surprise
que le duc et le marquis les virent arriver appuyés
l'un sur l'autre, elle dans le beau nonchaloir
d'une femme qui n'a pas bien dormi, lui avec
un certain air de victoire, presque de forfanterie,
pour montrer tout de suite qu'il avait pris sa re-

vanche. Quoique le duc parût d'abord fort attristé, il fut si heureux de voir la gaieté de Mathilde qu'il reprit un peu courage. Tout le monde causa avec abondance de cœur. Mathilde s'abandonna à sa verve naturelle; elle dit des choses spirituelles et des choses risquées. Le marquis lui-même, qui était fort prévenu contre elle, fut presque sous le charme de cette créature si orageuse et si imprévue.

La princesse fit le tableau de sa vie future. Elle voulait bien permettre à Dieu de lui donner deux enfants, un garçon et une fille, mais elle n'en perdrait pas une fête pour cela, tout en promettant d'être bonne mère. Elle jura qu'elle nourrirait elle-même ses enfants.

— Car j'ai quelque chose là, dit-elle en se frappant la poitrine.

— Oui, pensa le marquis d'Armeville, elle a quelque chose là; mais ce n'est pas un cœur de femme ni un cœur de mère, si je ne me trompe.

Il lui vint l'idée de présenter ce jour-là Madeleine au duc, — la vraie fille à son vrai père, — sous prétexte que c'était une de ses arrière-cousines qui était digne d'être de la société de la princesse. Dans son esprit, le duc s'attacherait bientôt à cette charmante fille, et s'il survenait

des orages inapaisables, Madeleine serait là pour
le consoler. Mais le marquis se garderait bien de
dire la vérité : elle prendrait pied dans l'hôtel
comme son arrière-cousine, rien de plus.

— Ma chère Mathilde, dit-il tout à coup,
je vous ménage une surprise, j'ai une petite
cousine presque aussi belle que vous, qui par
hasard vous a vue hier à Sainte-Clotilde et qui
désire vous être présentée.

Mathilde fut quelque peu rebelle à la présenta-
tion, elle s'était déjà habituée à son titre de princesse, elle craignait que la jeune fille ne fût pas
d'une assez bonne maison.

— Son nom ! demanda-t-elle au marquis, avec
une certaine dignité.

— Oh, dit-il, en comprenant la pensée de Mathilde, elle n'est pas princesse comme vous, mais
enfin c'est une d'Armeville.

— Si elle porte votre nom, marquis, envoyez-
la-moi tout de suite.

— Voulez-vous me permettre de l'inviter à
dîner ?

— Il me semble qu'il faudrait d'abord qu'elle
me fût présentée.

Le duc prit la parole :

— Voyons, Mathilde, une parente du marquis est déjà de la maison.

La princesse se mordit les lèvres.

— Vous avez raison. C'est qu'on m'a gâtée au couvent par le chapitre des usages du monde.

— Sachez, ma chère enfant, reprit le duc, que plus on est haut placé dans la société, plus on peut se soustraire aux usages pour écouter son cœur.

Quoique Mathilde n'entendît pas de cette voix-là, elle donna raison au duc en s'inclinant avec un sourire.

— C'est dit, dînons avec cette jeune fille. N'est-ce pas, prince ?

— Je crois bien, ma chère Mathilde ; avec vous je suis décidé à toujours dire le vers de Boileau :

Le prince est un esclave et ne sait qu'obéir.

— Ma foi, dit le marquis, depuis tant de révolutions, il n'y a rien de plus vrai.

Une heure après, il était chez Mme Templier.

Il lui conta qu'il voulait que Madeleine dînât chez le duc. Une seconde fois il lui ouvrit son cœur. Il lui fit comprendre qu'il fallait préparer la jeune fille à cette entrevue. On ne lui dirait rien, sinon que c'était une porte ouverte dans le beau monde.

— Oh ! mon Dieu, dit Mme Templier, vous n'avez qu'à lui dire qu'elle chantera, elle vous suivra jusqu'au bout du monde, car je n'ai jamais vu une pareille passion. Si celle-ci ne remplace pas la Patti et la Nillson, j'y perds mon latin et mon français.

On appela Madeleine.

— Mademoiselle, lui dit le marquis, vous savez bien, cette jeune princesse qui s'est mariée hier, elle sait que vous avez une voix charmante, que dis-je, une voix superbe, elle veut vous entendre : vous allez venir dîner avec moi à l'hôtel de son père.

— Et ma marraine, dit Madeleine avec un vrai cri du cœur.

— Votre marraine viendra le soir pour vous chercher. Comme elle dîne au voisinage, elle vous conduira. N'est-ce pas, madame Templier ?

— Oui, tout ça est convenu.

Madeleine était soucieuse.

— J'aimerais bien mieux chanter le soir, et ne pas aller dîner.

— Allons, allons, quand on veut devenir une grande cantatrice, il ne faut pas faire de façons.

11.

Si Mlle Rachel n'avait pas voulu se faire entendre chez Mme Récamier, il lui eût fallu perdre bien plus de temps à se faire admirer çà et là.

Madeleine embrassa sa marraine, et dit avec une résignation souriante :

— Eh bien, j'irai dîner sans toi.

Puis se retournant vers le marquis :

— Est-ce en robe de bal ?

— Non, non, tout simplement en robe montante, on sera en famille, à peine un ami ou deux comme moi.

— Et si Léonie venait ? dit Madeleine, qui avait une vive amitié pour sa sœur de lait ou de demi-lait, puisqu'elles avaient eu quelquefois la même nourrice.

— Non, pas pour aujourd'hui, mais nous l'inviterons un autre jour.

Quand le marquis fut parti, l'ancienne sage-femme lui dit mystérieusement qu'elle avait de bonnes raisons pour croire que c'était une d'Armeville. — N'oublie pas, lui dit-elle, que c'est sous ce nom-là que je te présenterai. Bien mieux, il faut que tu appelles le marquis ton cousin.

Madeleine trouva cela quelque peu romanesque ; mais comme elle avait les aspirations aristocratiques, elle ne fut pas fâchée de porter un si beau nom, ne fût-ce qu'un nom d'emprunt.

Elle arriva à l'hôtel du duc à sept heures, en compagnie de Mme Templier, qui la présenta sous le nom de Mlle d'Armeville, mais qui se hâta de s'esquiver.

On devine tout de suite que Madeleine plut à tout le monde, à cela près que la princesse la trouva trop belle; mais elle ne lui fit pas peur parce qu'elle n'était pas princesse; d'ailleurs, Mathilde avait une si haute opinion de sa figure, qu'à ses yeux toutes les beautés tombaient devant elle au second ordre. Elle la questionna beaucoup, mais Madeleine, toute simple qu'elle fût, ne se livra pas; elle ne dit que ce qu'elle voudrait perdre. Quand on sonna le dîner, Mathilde conduisit Madeleine dans la salle à manger avec une vraie sympathie.

— C'est étonnant, dit-elle à son mari, cette cousine du marquis est si charmante, qu'il me semble que je la connais de toujours.

Quand le duc entra, il salua Madeleine, sans bien la regarder.

Mais tout à coup il pâlit et se passa la main sur les yeux. M. d'Armeville avait prévu ce coup de foudre : il était curieux de voir si son ami reconnaîtrait l'image de sa femme.

— N'est-ce pas, lui dit-il à demi-voix, qu'elle est belle et touchante ?

— Mon cher d'Armeville, murmura le duc d'une voix émue, ne trouvez-vous pas que c'est le portrait de la morte ?

— Non, dit le marquis, qui ne voulait pas aller si vite, toutes les femmes qui sont belles se ressemblent de près ou de loin.

— Je vous dis que c'est l'image de la duchesse. Je le sens bien à mon cœur.

Mathilde qui voyait tout, remarqua l'impression produite par Madeleine sur le duc.

— Il faudra veiller à cela, se dit-elle en secouant la tête. Qui sait si le duc n'a pas de par le monde trois ou quatre filles naturelles comme moi !

Le dîner fut un peu moins gai que le déjeuner. Madeleine était plutôt une silencieuse qu'une babillarde, quoiqu'elle ne manquât ni d'esprit, ni d'à-propos. D'ailleurs, le front du duc et du marquis s'étaient rembrunis par les souvenirs de la morte.

Jamais femme ne fut mieux pleurée que la duchesse ; c'est que nulle n'avait eu cette vertu des vertus qui se nomme la bonté.

Les pauvres s'en souvenaient encore.

Après le dîner, M. de Myra, un curieux s'il en
fut, vint demander cinq minutes au prince, cinq
minutes, pas une de plus. Mais le prince le fit
entrer au salon, où il fut subjugué par Madeleine.
Il resta tout une heure à l'admirer et à l'écouter,
car elle chanta. Il admira un peu moins la jeune
princesse : sous son masque, adouci par un sourire
travaillé, il pénétra ce que Byron appelait la femme
des tempêtes.

— Mais à tout prendre, dit-il, on pourra domp-
ter cette jolie bête féroce.

Quoique Madeleine ne chantât qu'en s'accom-
pagnant elle-même, elle charma tout le monde par
le timbre d'or, comme par l'expression de sa voix ;
c'était une âme chantante.

Mathilde chantait aussi ; elle ne voulait pas
qu'on fît rien mieux qu'elle ; elle se mit au piano
et chanta à son tour. Mais quoiqu'elle eût elle-
même une belle voix, elle ne parlait pas au cœur
comme Madeleine, ce qui n'empêcha pas Madeleine de l'embrasser avec enthousiasme.

— Mon cher ami, dit le duc au marquis, il faudra m'amener souvent votre cousine, vous ne
sauriez croire comme elle m'a ravi ce soir. Je me
retrouve avec vingt ans de moins.

— Mon cher prince, dit Mathilde à son mari,

vous me ferez le plaisir de ne pas tant regarder cette jeune fille. Dieu merci ! je ne suis pas jalouse, mais il ne faut pas troubler l'eau qui dort.

— Ma chère princesse, dit le mari, je n'ai d'yeux que pour vous ; si je regarde Mlle Madeleine, c'est pour comparer une beauté qui ne dit rien à une beauté éloquente.

— Hypocrite ! dit Mathilde en souriant ; mais je n'ai peur de rien.

X

LA DIPLOMATIE DES FEMMES DE CHAMBRE

E diable disait au moyen âge que Paris renfermait autant de malins qu'en enfer. Il prétendait qu'il venait prendre des leçons dans cette capitale qui n'était alors qu'une bourgade, parce qu'il y avait là des métiers inconnus au reste du monde, entre autres l'art de mal faire. S'il y a aujourd'hui un métier diabolique, c'est celui de chasseur de secrets, car il faut bien qu'on le sache, il n'y a plus de secrets à Paris, si ce n'est pour le préfet de police, parce que le préfet de police ne travaille que dans le vieux style. Tous les gens de bonne maison ont reçu un matin dans leurs lettres une épître mystérieuse, qui portait le mot *personnelle* sur l'enveloppe. Naturellement, ils

ont lu tout de suite, comme s'il y eût une femme
sous roche. Or, voici à peu près ce que renfermait
cette missive après le *Monsieur* ou *Madame* :

« M.*** a l'honneur de vous informer qu'il con-
« tinue à se mettre à la disposition des gens du
« monde pour les renseigner discrètement sur
« leurs amis ou sur leurs ennemis, sur toutes les
« familles parisiennes et étrangères. On a reconnu
« la moralité de ces informations, parce qu'elles
« ont empêché bien des ruines, bien des malheurs
« et bien des scandales. Dans les sociétés mo-
« dernes, la vérité est une vertu. Nous ne crai-
« gnons donc pas d'être assimilés aux reporters,
« qui impriment tous les secrets; nous ne les li-
« vrons que sous le manteau, ne voulant jamais
« que le bruit en retentisse au dehors. »

Voici à peu près la formule de ces messieurs ou
de ces dames. C'est l'espionnage intime, comme
on l'entendait autrefois à Venise. Ce qui est certain, c'est que jamais le conseil des Dix ne fut
mieux informé.

Et comment travaillent ces messieurs et ces
dames? Ils travaillent par les femmes de chambre;
ils ont des ramifications sans nombre; il n'est pas

de grandes maisons qui ne leur soient ouvertes. Les murs ont des oreilles, mais ils parlent aussi ; vous avez des filles de chambre qui ont l'air d'être à cent lieues de là en coiffant madame ; mais ne vous fiez pas à leur air distrait ; après un séjour de quelques semaines, elles auront transpercé toutes les trames légères de votre vie intime. Ce qu'elles n'ont pas vu, le valet de chambre l'aura vu pour elles. Faut-il donc s'étonner que le secret de Paris soit le secret de la comédie ?

Naturellement, Maria avait pris ses grades en cette diplomatie ténébreuse ; elle était passée maîtresse en l'art de tout savoir et de tout dire. Quand la future mariée se l'était attachée, la coquine n'avait pas manqué de lui dire : « Je coiffe à merveille, je fais les chapeaux et je sais tout ce que font les maris. » Ce mot était risqué, mais il tomba juste. Maria devinait les femmes, aussi elle fut arrêtée séance tenante par Mathilde, sans qu'on allât aux informations.

Le prince n'avait plus qu'à se bien tenir. Aussi, quelques jours avant le mariage, la femme de chambre savait le mot à mot de l'histoire amoureuse du futur. D'autant mieux qu'elle avait été femme de chambre d'une amie de la maîtresse du prince.

Le lendemain du mariage, à minuit, quand Maria décoiffa la princesse, elle lui parla de la nouvelle venue.

— Elle est charmante, n'est-ce pas, Maria ?

— Presque aussi belle que madame la princesse.

— Parlez-moi franchement.

— Oh ! mon Dieu, je la trouve très-bien pour monter dans une niche de sainte; mais pour vivre dans le monde, madame la princesse en vaut quatre comme cette jeune fille.

— Maria, il faudra que vous me sachiez d'où vient cette jeune fille, et ce qu'elle a dans l'âme, car je ne veux pas réchauffer un serpent dans mon sein.

Maria ne voulait pas qu'on doutât de sa diplomatie secrète, mais elle fit remarquer à la princesse qu'il ne fallait pas se brouiller avec le marquis d'Armeville.

— Ne craignez rien, Maria, je me brouille et je me débrouille.

Mais c'est ici que Mlle Maria fut en défaut : elle fit tourner son monde autour de M. d'Armeville, mais nul ne put la renseigner sur Madeleine. On eut beau s'embusquer devant la maison où demeurait le marquis, ce fut peine perdue. La femme de chambre se promit de faire suivre Madeleine à la première occasion.

Tout justement, quelques jours après, Madeleine revint conduite cette fois par M. d'Armeville. C'était dans l'après-midi, en simple visite. Le marquis avait espéré ne trouver que le duc. La princesse qui ne craignait pas de se montrer au grand jour, quoiqu'en pleine lune de miel, allait partir pour le Bois, sans toutefois se risquer au bord du lac. Elle avait dit ce jour-là au prince qu'ils iraient se promener ensemble, mais dès qu'elle vit Madeleine, elle décida que ce serait avec elle qu'elle irait au Bois.

Elle lui fit mille caresses, elle se sentait prise malgré elle d'une vive amitié, après cinq minutes de conversation elle en était à tu et à toi.

— Vois-tu, lui dit-elle, je me figure que tu étais avec nous aux Oiseaux. Je te dis *toi* comme aux autres ; il faut que tu me dises *toi* aussi.

— Eh bien *toi*, *tu* es charmante.

Madeleine était trop naturellement fière pour dire *vous* quand on lui disait *toi*.

Dans cette promenade au Bois elles furent les meilleures amies du monde.

La princesse continua à interroger Madeleine, mais la jeune fille se tint bien sur la défense ; on lui avait fait la leçon. D'ailleurs, elle avait peur de Mathilde.

— Mais enfin, où demeures-tu ?

— Chez ma marraine, à l'hôtel d'Albe.

— Comment s'appelle ta marraine ?

Madeleine donna un nom quelconque.

— Vois-tu, ma marraine est à Paris dans le plus strict incognito. Mais pour aujourd'hui ne parlons pas de moi, parlons de toi. Tu es bien heureuse d'avoir épousé un prince.

— Non pas d'avoir épousé un prince, mais un titre de princesse ; mon mari est charmant, mais je suis une femme terrible ; je ne puis pas me faire d'illusions : par exemple, je sais que mon mari a eu des maîtresses, et qu'il en a peut-être encore une.

— Voilà pourquoi je ne veux pas me marier.

— Est-ce que tu as une dot ?

— Oh ! moins que rien.

— Eh bien alors, ma pauvre Madeleine, tu ne seras pas princesse, parce que, vois-tu, les princes ont beau être sur le pavé, ils n'épousent que des héritières.

— Ça m'est égal, je ne cherche pas un prince, tout mon rêve est de chanter un jour aux Italiens ou à l'Opéra. Si je peux faire un bon mariage avec le public, j'aurai atteint mon idéal.

— Ce n'est peut-être pas si bête.

Au retour du bois, Madeleine dit à Mathilde qu'elle descendrait au coin de l'avenue de l'Alma.

— Est-ce que tu sors seule, ma belle ?

— Moi ! pourquoi pas ? A l'américaine ! Les femmes aiment à tromper leur mère, mais elles n'aiment pas à se tromper elles-mêmes. Du moment où elles ont la liberté de bien ou de mal faire, elles vont selon leur cœur. Quand je vois jouer *le Barbier de Séville,* je m'imagine toujours que c'est pour se moquer de son tuteur que Rosine chante un duo avec son amant. C'est la vieille comédie. Je n'aime pas ce qu'on appelle le « flirtage », parce que je ne veux pas être trop Américaine ; mais je suis fière de ma liberté. Aussi le matin je vais prendre ma leçon de chant rue Saint-Florentin, comme j'irais de ma chambre à la chambre de ma marraine.

La princesse se promit de vérifier si c'était bien une cantatrice qui donnait des leçons rue Saint-Florentin, mais Madeleine lui plut tant ce jour-là, qu'elle se réjouit d'avoir une amie charmante qui parlait bien de toutes choses.

Le marquis d'Armeville ne se lassait pas de ve-

nir chercher Madeleine pour la conduire chez le
duc. Il avait l'art de faire croire à Mathilde que
c'était pour la voir, mais il trouvait toujours le
quart d'heure de la mettre en présence du duc,
soit comme par rencontre dans l'hôtel ou dans le
jardin, soit sous prétexte de la faire chanter devant un passionné de musique italienne, car le duc
était un dilettante. Madeleine lui trouvait tant de
grâce et tant de bonté, qu'elle ne se faisait pas
prier.

Il arrivait aussi que le marquis d'Armeville
venait avec Madeleine chez le duc tout juste à
l'heure où Mathilde était sortie; alors c'étaient
des causeries sans fin, en toute quiétude.

Les deux amis étaient ravis de la grâce pénétrante et de l'esprit hors ligne de cette jeune fille,
si sérieuse sans pédanterie et si souriante dans sa
pensivité.

— C'est singulier, dit un jour le duc au marquis, je finis par croire bien plus aux affinités
étrangères qu'aux affinités familiales. L'homme
qui serait de bonne foi choisirait sa famille hors
de sa famille.

— C'est vrai, dit tristement M. d'Armeville,
c'est un peu pour cela que je vous amène ma
filleule : je sens que son cœur est près du vôtre.

Mathilde qui ne respectait rien, avait pourtant le respect de Madeleine ; elle subissait d'ailleurs le charme de cette beauté indiscutable, qu'elle lui pardonnait en se disant : « Celle-là n'est pas princesse, » en pensant que Madeleine était pauvre. Elle ne pouvait s'imaginer que celui qu'elle appelait son père pût jamais s'attacher sérieusement à cette jeune fille. Et comme elle n'était pas jalouse de son mari, elle n'avait aucune raison de redouter d'être obligée de dire un jour à Madeleine :

— Retire-toi de mon soleil.

Aussi ne pouvait-elle plus se passer de Madeleine. Ce fut à ce point qu'elle dit un jour tout haut dans son salon, après avoir embrassé la jeune fille :

— Savez-vous ma vraie lune de miel ? La voilà.

XI

LE FILS DE LA PROVINCIALE PERVERTIE

A la première visite du marquis d'Armeville, Mme Templier était si préoccupée de ses filleules, qu'elle n'avait pas pensé à demander des nouvelles du fils de cette provinciale, qui était devenu le fils du duc de Marigny. Deux fois le marquis était revenu sans qu'elle lui en parlât davantage, quoique à plusieurs reprises elle se fût bien promis de l'interroger.

Enfin, un jour elle lui dit :

— Vous ne me parlez pas du fils du duc.

— Vous voulez dire du fils de cette provinciale, dont nous avons fait un grand seigneur.

— Est-ce qu'il est digne de sa destinée ?

— Couci, couça ! Il est grand et beau.

— Et bête ?

— Pas plus que les autres. Il vient de finir ses études à Oxford. Il n'y a pas été brillant mais il y a été sérieux. Il a même eu des prix en mathématique.

— Et comment supporte-t-il sa fortune ?

— Avec autant de courage que s'il n'en avait pas.

Mme Templier était curieuse.

— Je suis bien indiscrète. Est-ce qu'il aura autant de millions que Mathilde ?

— Il aura beaucoup plus, quoique le duc ait perdu beaucoup d'argent depuis 1870.

Une idée lumineuse traversa l'esprit de Mme Templier.

— Je vais hasarder une bêtise.

— Une bêtise, je vous en défie.

— Si nous étions sûrs que Madeleine fût la fille de la duchesse, il pourrait l'épouser. Ce serait, pour ainsi dire, une restitution.

— Chut ! *Primo*, nous n'en sommes pas sûrs. *Secundo*, il est beaucoup trop jeune. *Tertio*, vous ne pressentez donc pas qu'il est appelé aux plus hautes destinées.

— Je m'en doute ; mais le grand mal quand il ferait de Madeleine une duchesse, quand on a fait de Mathilde une princesse.

12

— Ce serait mon plus vif désir. Mais il y a entre lui et elle la muraille de la Chine.

Mme Templier ne put pas obtenir un mot de plus du marquis.

Elle se demanda à elle-même si décidément ç'avait été pour l'argent ou pour l'orgueil qu'on avait substitué un enfant à un autre.

Pourtant, avant de quitter le marquis, elle lui fit encore une question :

— Est-ce qu'il n'est pas en France, ce jeune duc ?

— Non, mais il y viendra bientôt.

— Est-ce que je pourrai le voir ?

— Oh ! mon Dieu, il sera visible à l'œil nu, seulement je ne vous dirai pas son nom. C'est un Marigny ; mais il porte le titre d'une principauté. S'il reste quelque temps à Paris, ce sera dans le plus strict incognito.

Demeurée seule, Mme Templier s'avoua qu'elle n'avait pas appris grand'chose.

— C'est égal, dit-elle, je finirai par en savoir plus que tout le monde.

XII

LES TROIS SUAIRES

IL y a des esprits droits et des esprits tortueux. Léonie avait l'amour de la ligne courbe comme Madeleine avait l'amour de la ligne droite. Madeleine aimait les grandes avenues, tandis que Léonie aimait à faire l'école buissonnière, dans les sentiers perdus, à l'ombre des ramées. C'est que l'une n'aimait que l'imprévu, c'est que l'autre avait un idéal.

Mais quoique Madeleine fût la raison toute rayonnante de poésie, elle avait gardé dans les replis de son âme je ne sais quel amour mystérieux de l'inconnu. Certes, elle ne croyait ni au spiritisme ni aux hallucinations, mais elle ne pouvait échapper à je ne sais quelle terreur mysté-

rieuse de l'invisible qui inquiète les plus fiers esprits, qu'ils s'appellent Platon ou Descartes, qu'ils
s'appellent même Turenne, car Turenne avait
peur des fantômes.

Mme Templier ne perdait jamais de vue ses deux
filleules ; si elle les quittait le soir, elle ne se couchait pas sans avoir été jusqu'à leur lit, comme si
c'étaient encore des petites filles.

Un soir qu'elle était allée prendre le thé chez
une voisine, elle ne rentra qu'à une heure du matin. Elle trouva Madeleine assise sur son lit, les
cheveux épars, dans la pâleur d'une mourante.
Elle fut effrayée et appela son mari, mais le capitaine était déjà couché.

— Non, non, dit Madeleine, ce n'est rien.

— Mais pourquoi cette pâleur et ces yeux égarés ?

Mme Templier avait pris les mains de la jeune
fille.

— Je me demande si je suis folle ou si je rêve ;
je n'osais pas faire un mouvement ; j'ai appelé
Léonie qui ne m'a pas répondu ; je crois que c'est
la fièvre qui me donne le délire.

— Parle, parle, je ne comprends pas.

Madeleine regardait tout autour de son lit :

— Ne vois-tu pas passer des ombres?

Mme Templier tâtait le pouls de la jeune fille.

— Tu n'as pourtant pas la fièvre.

La pauvre femme eut un instant peur de parler à une folle.

— Voilà ce qui m'est arrivé : j'avais éteint ma bougie et je sommeillais quand tout à coup, — je ne dormais pourtant pas — je vis passer au-dessus de moi trois fantômes enveloppés dans leurs suaires. C'était effrayant, car je me suis reconnue dans un des fantômes. J'ai fermé les yeux avec épouvante, mais j'ai voulu revoir, et dans un autre fantôme j'ai reconnu Léonie... enfin dans le troisième fantôme, j'ai reconnu la princesse... Pourquoi sommes-nous unies dans la mort?

Tout effrayée que fût elle-même Mme Templier, elle partit d'un éclat de rire bien joué.

— Allons, te voilà donc une visionnaire, maintenant. Je sais bien ce que c'est, tu vois des fantômes d'opéras, la musique te tournera la tête.

— Non, non, je te jure, ma marraine, que ce ne sont pas des fantômes d'opéras, c'était bien la princesse, c'était bien Léonie, c'était bien moi.

— Tu as toujours eu trop d'imagination. Pourquoi veux-tu voir la mort dans la vie? chacune de vous vivra cent ans.

12.

— Je te dis que c'est un pressentiment fatal;
tiens, vois plutôt...

Léonie, qui s'était enfin réveillée, apparut
alors à la porte enveloppée d'un peignoir blanc.
Comme elle était naturèllement pâle, Mme Templier crut elle-même à une apparition fantastique.

— Non, non, dit Madeleine en se tournant
vers sa marraine. Cette fois c'est Léonie elle-
même; il ne faut lui rien dire, car elle aurait
peur.

On ne dit rien à Léonie, sinon que Madeleine
avait eu des étouffements.

Mme Templier conseilla à Léonie de coucher
avec sa sœur, ce qu'elle fit gentiment.

Mais presque aussitôt Léonie, une mauvaise
coucheuse, bataillant des pieds et des mains, retourna dans son lit.

Madeleine fut quelque peu rassurée, mais sa
marraine pleurait alors en parlant de cette vision
à M. Templier.

— C'est singulier, je suis pourtant un esprit
fort, dit-elle à son mari, mais j'ai froid dans
l'âme.

— Des bêtises, dit le capitaine.

— Oui, des bêtises. Mais la vie est une bêtise.

Deux heures après, tout le monde dormait, quand Léonie poussa un cri et vint, tout éperdue, se jeter sur le lit de Madeleine.

— Oh! si tu savais!

Madeleine, qui dormait mal, alluma sa bougie, effrayée encore de ses visions, effrayée aussi de cette apparition de Léonie.

— Que t'est-il donc arrivé?

— Oh mon Dieu, maintenant que je te sens là, j'ai presque envie d'en rire, répondit Léonie. Figure-toi que j'ai vu passer sous mes yeux d'horribles revenants, où je me suis reconnue et où je t'ai reconnue. C'est de la démence.

Madeleine serra les mains de Léonie, comme pour s'assurer que ce n'était plus un rêve.

— Quoi! tu as vu cela?

— Oui. C'était comme les trois vertus théologales qu'on voit fuir dans le fond des tableaux. Nous étions séparées toutes les deux par une femme que je ne connais pas, car malgré ma frayeur j'ai bien regardé.

Madeleine pensa que c'était Mathilde, puisque dans son rêve c'était aussi Mathilde qu'elle avait vue. Elle ne put résister à son désir de parler aussi de sa vision.

— Cette maison est donc hantée par les esprits, car j'ai fait le même rêve.

— Voilà qui est gai ; heureusement, songes ne sont que mensonges ; c'est égal, j'ai peur de la mort ; il ne faut pas nier les augures, surtout quand ils se répètent. Oh ! le tombeau...

Léonie étreignit Madeleine comme si la mort fût là.

— N'aie pas peur, Léonie, tu n'as eu cette vision que parce que je l'ai eue moi-même.

— Mais tu ne me l'avais pas dit ?

— Non, mais les pensées se communiquent. Comme dit le capitaine, on n'aura jamais le dernier mot, de l'électricité, du magnétisme, des affinités.

— Pour cette fois, je ne fais pas de façon pour me coucher là. Je ne retournerais pas dans mon lit pour une rivière de diamants.

— Tais-toi donc, tu irais pour un bijou de 36 francs, ma chère coquette ; c'est égal, couche-toi là.

Les jeunes filles virent alors apparaître leur marraine qui avait été réveillée aussi par la même vision. Quoiqu'elle prît tout gaiement, elle était pâle et inquiète.

Elle laissa parler Léonie, mais elle se garda bien

de dire que cette étrange vision fût venue jusqu'à elle. Comme ses filleules, elle avait vu ce terrible spectacle de ses « trois duchesses » mortes ! agitant leurs suaires, et souriant tristement dans leur pâleur spectrale.

— Puisque vous voilà si bien ensemble, mes chères petites, je vais me recoucher : ne pensez plus à ces fantômes; ce sont des apparitions de ma mère l'Oie.

Ce qui n'empêcha pas Mme Templier de tenir pour le reste de la nuit le capitaine éveillé.

Il eut beau lui dire qu'il n'avait vu de morts que sur le champ de bataille et de revenants que dans les romans d'Anne Radcliffe, Mme Templier n'était pas rassurée.

Quoique jusque-là elle n'eût hanté ni les spirites, ni les hallucinés, ni les magnétiseurs, elle commençait à croire au monde des esprits.

Quand il fit grand jour, tous ces suaires se perdirent dans les nuages; mais l'impression avait été si forte que Madeleine se mit au piano pour jouer des airs funèbres, pendant que Léonie dessinait sur une grande toile les trois images qui l'avaient épouvantée. Sans doute ses yeux avaient bien gardé l'empreinte, car elle les rendit avec un grand caractère; sa marraine, venant pour la surprendre dans son travail, fut frappée comme si elle retrouvait son rêve.

— Quelle idée baroque tu as de peindre de pareilles figures ?

— Je peins ce que je vois, dit soudainement Léonie.

— Tu ne me feras pas croire que tu as vu ces fantômes-là.

— Comme je te vois toi-même !

Mme Templier ne pouvait s'empêcher de reconnaître que Léonie avait représenté avec beaucoup d'expression ce qu'elle avait vu elle-même ; mais elle était désolée que le souvenir de cette nuit terrible fût fixé sur la toile.

— Voyons, ma petite Léonie, peins des roses comme les autres jours. Tu sais bien que ton maître disait encore hier : « Les roses fleurissent sous sa main. » Ce n'est pas aux jeunes filles à peindre des suaires.

— Que veux-tu, on peint ce qu'on a sous les yeux ; hier j'avais un bouquet, aujourd'hui je ne vois que des fantômes.

Madeleine survint : elle fut frappée elle-même de la vérité de l'impression.

— Oh ! mais, tu as beaucoup de talent, Léonie.

La jeune fille avait peint les fantômes blancs,

sur un fond noir, semé d'étoiles ; on n'eût certes pas accepté cette ébauche à l'Exposition, mais on y eût reconnu un effet saisissant, que plus de travail eût atténué.

Madeleine fit le signe de la croix comme en voyant passer des morts.

XIII

LA PROCESSION DES BÉNÉDICTINES

EPENDANT le souvenir de cette nuit s'effaça peu à peu. On n'en parlait plus que de loin en loin.

Ce fut à quelque temps de là que nous avons vu, au premier chapitre de cette histoire, passer Madeleine aux Champs-Élysées, quand Joinville, un Raphaël, ou plutôt un Ribeira de l'avenir, suivit la jeune fille avec une passion subite et désordonnée.

On se souvient que Madeleine, pour fuir cet amour impromptu, s'était réfugiée dans le landau vert-pomme de la princesse ; ce fut leur dernière entrevue puisque la princesse partait pour Dieppe le lendemain, où elle fut enlevée — par les vagues de l'Océan.

Quoique la princesse vécût à Paris en princesse étrangère, quoique ses rares amies ne fussent pas à Dieppe en même temps qu'elle, quoiqu'elle n'eût pas dit son nom à l'hôtel d'Angleterre ni au Casino, on savait plus ou moins que c'était la princesse del Renozzi. Mais on ne la connaissait que du dehors et le bruit de sa disparition, à Dieppe, ne fut qu'une émotion ou un scandale d'un jour dont l'écho ne vint pas même jusqu'à Madeleine. La jeune fille s'étonnait de n'avoir plus de nouvelles de son amie, qui lui avait bien promis de lui écrire, et qui ne lui avait jeté à la poste que ce billet de quatre lignes :

« Ma belle Madeleine,

« Pourquoi n'es-tu pas venue avec moi ? Tu nagerais dans mes bras comme une naïade, par cette pleine eau qui s'appelle la Manche. Non, Dieppe n'est pas la ville de mes rêves ; c'est le pays du coquillage et du caquetage. Je t'embrasse, je t'écrirai ces jours-ci.

« MATHILDE. »

13

Mais Madeleine n'avait pas reçu d'autres nouvelles.

Et le prince que devenait-il ? Avait-il retrouvé sa femme morte ou vivante ? Madeleine se hasarda plusieurs fois à l'hôtel du duc de Marigny, mais il était parti avec le marquis d'Armeville pour les Pyrénées.

Mme Templier trouva quelque peu étrange que le marquis n'eût dit adieu ni à elle ni à Madeleine; mais comme elle avait peur qu'il ne finît par lui enlever la plus chère de ses trois duchesses, elle se consola bien vite.

Elle loua pour l'arrière-saison, à Meudon, une ancienne maison restée debout parmi les ruines d'un couvent de bénédictines. On s'était décidé pour cette maison qui était sombre et triste, à cause du jardin qui, par la grille, donnait dans les grands bois.

Léonie avait bien un peu retenu sa marraine, mais Madeleine paraissait enchantée de se trouver pour la première fois de sa vie en pleine solitude. Aussi, dès qu'on fut là s'en donna-t-elle à cœur-joie par les promenades agrestes et les rêveries dans le jardin qui était peuplé de fort beaux arbres.

Ce fut là que l'image de Joinville revint flotter

sous les yeux de Madeleine. Elle s'en étonnait beaucoup. N'avait-elle pas rencontré un peu partout, chez la princesse, au théâtre, au concert, au bal, même dans le monde bourgeois de M. et Mme Templier, des hommes mieux campés que ce bohème, tout ébouriffé par la barbe et les cheveux, qui ne pouvait prétendre à jouer les charmeurs de filles. Là est le secret des choses du cœur. Quant on connaîtra les forces de l'électricité idéale ou magnétique, comme les forces de l'électricité palpable, on pourra répondre à cette question.

La volonté d'aimer Madeleine et d'être aimé de Madeleine avait été si forte dans le cœur et dans l'esprit de Joinville, que la jeune fille avait subi et subissait encore le contre-coup.

Elle en arrivait à se dire ceci, qu'après tout, une vie cachée en quelque cinquième étage avec un atelier de peintre où elle aurait son piano, serait peut-être la sagesse dans le bonheur. Il fallait que Joinville eût produit une rude impression pour arracher cette vérité à cette fille si fière dans sa douceur.

Elle n'en continuait pas moins ses études de chant et ses rêves de grande cantatrice.

Sa marraine la conduisait deux fois par semaine

à Paris, mais elle semblait un peu moins passionnée pour la musique, tant la nature l'étreignait
dans ses grands bras chargés de fleurs et de
feuilles. Cette poétique créature s'abandonnait
avec délices aux symphonies rustiques. C'était
pour elle un monde nouveau qui charmait son
âme.

Mme Templier et Léonie, qui n'étaient pas cham-
pêtres du tout, avaient fait des connaissanees
dans le pays. Une voisine de Paris les avait pré-
sentées à quelques autres Parisiennes en villégiature, si bien que le soir on se retrouvait ici et là
pour prendre le thé, chanter un air, mal dire de
son prochain : une vraie fête en un mot.

Madeleine ne prenait qu'un médiocre plaisir à
ces réunions. Plus d'une fois, elle refusait de
suivre sa marraine et sa sœur même quand
Mme Templier les accompagnait.

— Comment peux-tu rester seule, lui disait
Mme Templier.

— Ma chère marraine, être seule ici, c'est être
avec la solitude : c'est quelqu'un. D'ailleurs, décidément dans le monde où nous allons on dit trop
la même chose.

Un soir que tout le monde sortait, Madeleine
resta à la maison. On avait pourtant voulu l'allé-

cher en lui disant qu'on danserait peut-être, mais le prince charmant qui devait dénicher ce bel oiseau bleu n'était pas à Meudon.

Quand tout le monde fut parti, la femme de chambre vint demander à Madeleine de lui permettre d'aller jusqu'à Sèvres, sous prétexte d'y voir sa tante. Elle promettait d'être revenue avant Mᵐᵉ Templier. Madeleine donna la permission ; il ne restait que la cuisinière. Mais Thérèse, en vacances depuis huit jours, avait été remplacée par une femme du pays, qui ne couchait pas à la maison. Madeleine se trouva donc toute seule. Elle se mit d'abord au piano et s'abandonna à toutes ses inspirations, passant de Gounod à Verdi, de Verdi à Meyerbeer.

Après avoir chanté, elle lut ; elle tomba tout justement sur un livre que le capitaine avait apporté le jour même. C'était une description du pays, par l'abbé Lacroze. Le volume était ouvert aux premières pages, à un chapitre qui parlait de l'abbaye des bénédictines.

Madeleine lut ces lignes avec quelque curiosité. Il ne reste de cette abbaye que des ruines et des légendes. Les ruines se composent d'un petit corps de logis rajusté dans le cloître, du côté du cimetière, car les bénédictines étaient enterrées dans l'intérieur de leur couvent. Pour ce qui est des légendes, elles formeraient tout un volume.

Les bénédictines, selon l'abbé Lacroze, avaient le culte des morts.

Aussi, quoique la religion leur défendît les conversations nocturnes avec les fantômes, elles évoquaient les figures les plus aimées. On a dit là-bas que c'était le sabbat des visions. Voilà pourquoi, depuis qu'il n'y a plus de bénédictines à Meudon, il y a encore des visions ; on assure même que dans un temps, qui n'est pas éloigné, Mgr l'évêque de Versailles alla jeter de l'eau bénite sur cette terre en révolte, en prononçant les paroles chrétiennes : « Que les morts reposent en paix. »

Ces lignes ne troublèrent pas l'esprit de Madeleine, mais elles imprimèrent une gravité religieuse dans son âme. Elle ne put se dissimuler qu'elle habitait des ruines qui, d'un côté, formaient le cloître ; qui, de l'autre, regardaient le cimetière. Elle pensa à ces filles de Dieu, qui étaient venues fuir la tempête sur cet humble rivage, à l'ombre de l'Église, presque sans air et sans soleil, jetant dans le sacrifice toutes les aspirations vivantes de leur cœur, étreignant déjà la mort, pour mieux vivre de la vie éternelle.

— Moi aussi, dit-elle, je comprends ce renoncement au monde, si ce monde n'est pas une patrie, si on sent fuir la terre sous ses pieds.

Madeleine voyait passer dans son imagination toute une procession de bénédictines se succédant de siècle en siècle dans le sévère horizon du cloître.

Le bruit du vent dans les arbres et dans les persiennes était peut-être le vague écho des cantiques du soir? Il lui sembla bientôt que le cimetière se peuplait d'âmes en peine, images transparentes des corps tombés en poussière, qui tournoyaient autour de la maison comme des nuées chassées par l'orage.

Cette fois Madeleine sentit son cœur oppressé; elle se leva et marcha vers la cheminée pour mettre du bois au feu, mais le feu était éteint. Le froid la saisissait, elle posa son pied sur les cendres encore chaudes.

Minuit sonnait.

— L'heure redoutable, murmura Madeleine.

Elle sourit comme si elle n'avait peur de rien.

Mais toujours dans son esprit, les bénédictines tournaient autour de la maison. C'était au point qu'elle n'eût osé alors se hasarder dans le jardin.

Elle vint à penser à ce conte des visionnaires :
que les plus hardis n'osent à minuit se regarder
dans un miroir, s'ils sont dans une solitude
absolue, dans la peur de voir leur double c'est-à-
dire l'image de leur conscience, l'image de leur
destinée, l'image de l'autre soi-même, qui veille
sur nous et nous conduit par les périls de la vie.

— Oh ! par exemple, dit Madeleine, c'est moi
qui n'ai pas peur de regarder dans la glace.

Elle regarda : la glace réfléchissait sa figure de
près et de loin, car, étant posée en face d'une autre
glace, elle la répétait à l'infini.

— Eh bien, c'est moi, dit-elle.

Oui, c'était elle, mais voilà que tout à coup
elle vit tout autre chose : au-dessus d'elle, elle dis-
tingua, comme dans un nuage, les trois figures :
la sienne, celle de Léonie et celle de Mathilde, qui
lui étaient apparues dans leurs suaires.

Elle pâlit et baissa les yeux.

Mais bientôt elle regarda encore, non pas par
défi, mais pour se prouver que ce n'était qu'une
vision.

Ce n'était qu'une vision, mais une vision persis-
tante. En effet, sous le premier regard elle ne vit
que son image dans sa pâleur soudaine ; mais,
peu à peu, elle vit se dessiner les trois ombres ; ses

jambes fléchirent, elle se tint de ses deux mains au manteau de la cheminée.

— Eh bien, non, dit-elle, je ne veux pas croire à mes yeux.

Elle alla à son piano et joua gaiement du *Don Juan.*

— A la bonne heure, dit-elle, la terre ne tremble plus sous mes pieds.

Quoique son émotion eût été très-forte, elle se mit bientôt à chanter, pour se prouver à elle-même qu'elle ne croyait pas aux fantômes.

. . . .

— Brava! brava! bravissima! lui cria Léonie en rentrant, il paraît que tu as passé une meilleure soirée que nous.

— Oh oui! s'écria Madeleine d'un air de triomphe, je me suis bien amusée.

Mais celle qui dormit bien des deux ce ne fut pas Madeleine.

13.

XIV

LES MÉTAMORPHOSES DE JOINVILLE

EPENDANT, que devenait Joinville, ce jeune intransigeant de la peinture, que nous avons entrevu aux Champs-Élysées au premier chapitre de cette histoire?

On pourrait supposer qu'après avoir adoré Madeleine pendant dix minutes, le temps de la suivre de la rue de Morny jusqu'aux derniers marronniers de l'avenue, il était passé à d'autres aventures, oubliant bien vite cette adorable apparition.

Point du tout. La jeune fille avait fait en lui une profonde impression. Jusque-là, il avait, selon son expression, donné du cœur sur quelques filles d'occasion courant les brasseries, l'Élysée

Montmartre ou ce Moulin de la Galette, cher aux impressionnistes.

Le farouche Renoir l'avait immortalisé dans son tableau, en compagnie d'une jeune truande des plus accortes et des plus éveillées. Mais Madeleine avait passé là-dessus victorieusement, elle avait éteint toutes les chandelles, comme le soleil éteint les étoiles. Dès le premier soir, Joinville se sentit dépaysé dans son monde accoutumé. Les beaux yeux de Madeleine avaient indiqué d'autres mirages au jeune peintre.

Le lendemain on ne le reconnaissait plus tant il était devenu sérieux. Il continua à voir ses amis et ses amies, mais bientôt on ne parla que de ses distractions. On le croyait là, mais il était bien loin « Toujours sorti ! disait Mlle Nini-les-Pommes » ; « Monsieur n'est pas chez lui, disait Mlle Vas-y-donc ». Il daignait sourire, mais si on l'embrassait trop, il donnait du coude et regardait de l'autre côté.

L'autre côté, c'était Madeleine.

Il ne comprenait pas comment une image fugitive s'il en fut pouvait s'imposer à lui avec une telle force. Jusque-là il avait beaucoup raillé les Werther, voire même les Desgrieux ; il finissait par reconnaître les lois et les droits de l'amour. Il

avait dit : « L'esprit mène le cœur, » il finissait
par dire : « Le cœur mène l'esprit. »

Il demeurait rue Bonaparte : c'était là qu'il travaillait à détrôner les Cabanel, les Baudry, les
Gérôme, tous les peintres officiels. Il était si sûr
de faire sa révolution, qu'il ne s'attardait pas trop
devant son chevalet. Vers deux ou trois heures de
l'après-midi, il traversait Paris et montait vers
Montmartre, pour retrouver ses camarades, ces
admirables désœuvrés de tous les temps, qui, en
sculpture, en peinture et en littérature, se conten-
tent de faire des mots sur ceux qui font des statues,
des tableaux et des livres.

Les camarades de Joinville lui reprochèrent
bientôt de venir trop tard.

Que pouvait-il donc faire chez lui ? Est-ce qu'il
s'aviserait de « fignoler » ses tableaux, au lieu de
les heurter d'une brosse titanesque ? Est-ce qu'il
tomberait dans la fadeur des porcelainiers ou des
pastellistes ? Un tableau qui ne s'improvise pas,
qu'est-ce que cela ? Une œuvre glaciale indigne
des impressionnistes. L'étude n'est rien, l'inspiration est tout.

Il n'y a que M. Prudhomme qui ait la préten-
tion d'être parfait.

Je dois dire que Joinville n'était pas encore

assez bête pour tomber dans la perfection. Il ne
s'épuisait pas aux infiniment petits de la nature ;
mais il n'aimait plus le tapage des discussions
batailleuses.

D'ailleurs il travaillait avec plus d'ardeur,
il commençait à reconnaître la vérité de cet axiome
de M. Ingres : « Le dessin est la probité en peinture. »

Il avait commencé par peindre, il finissait par
dessiner.

Il entrait enfin dans le secret de son art,
s'étonnant d'être resté dehors si longtemps. Ce
n'était pas là sa première] préoccupation. Lui qui
disait à sa figure : « Va comme je te pousse, » il
s'étudiait dans un miroir, comme pour corriger
les fautes de l'auteur. Mais sa vraie préoccupation,
c'était de retrouver Madeleine. Voilà pourquoi il
devenait presque un habitant des Champs-Élysées.
On pouvait le rencontrer dans l'avenue, tantôt le
matin, tantôt à midi, tantôt le soir. Il s'étonnait
fort que cette jeune fille ne repassât pas par le
même chemin.

C'est que Madeleine, qui ne sortait presque jamais seule, passait d'ailleurs plus souvent par la
rue du Faubourg-Saint-Honoré pour prendre sa
leçon de chant.

Quand elle allait chez la princesse c'était toujours en voiture.

Si bien que Joinville perdait son temps.

Mais enfin, tout en s'attristant de ne plus revoir
Madeleine, il éprouvait je ne sais quelle vague volupté, dans ses regrets, à respirer sous les arbres
des Champs-Élysées. C'était pour lui comme un
pays retrouvé.

Si Madeleine l'eût rencontré, elle aurait été
frappée de sa métamorphose. Joinville avait toujours bien un peu la désinvolture d'un artiste,
mais il avait pris, en s'habillant plus sévèrement,
je ne sais quoi de presque digne et de presque
grave. Il avait tout à fait bonne mine à fumer ses
cigares, d'autant mieux que les cigares étaient
meilleurs.

Aussi, n'eût été le souvenir de Madeleine, il aurait pu ne pas trop perdre son temps dans les
Champs-Élysées. Plus d'une jolie fille qui passait
par là n'eût sans doute pas fait la sourde oreille à
ses déclarations. Mais quoique ce ne fût point un
saint, il lui semblait que c'eût été profaner ce
chaste et charmant souvenir. L'amour a cela de
beau qu'il peut être à la fois très-gourmand et
très-anachorète. Après avoir vécu de l'orgie, l'a-
mour se nourrit de rien.

— Suis-je assez bête, disait quelquefois le jeune peintre. J'aime une fille dont je ne sais pas le nom, qui ne m'aime pas et que je ne reverrai jamais.

Mais il se complaisait dans cette adorable bêtise.

LIVRE IV

LES DEUX CHATEAUX

I

LE CHATEAU D'ARVERS

ES arbres des bénédictines abritaient les rêves de Madeleine comme les arbres des Champs‑Élysées abritaient les rêves de Joinville.

On était encore à Meudon quand le marquis d'Armeville écrivit à Mme Templier qu'il l'attendrait le lendemain avec Madeleine en l'hôtel du duc de Marigny.

Quand le marquis parlait, l'ancienne sage-femme obéissait. Aussi le lendemain elle se présenta avec sa filleule rue Saint-Dominique. Ce fut là seulement que Madeleine apprit la disparition de Mathilde.

Comme le marquis voyait dans ses yeux perler deux belles larmes, il lui dit :

— Ne pleurez pas, car je ne crois pas qu'elle se soit jetée à la mer. Je crois plutôt à une comédie.

Mais la jeune fille, qui avait à un si haut point le sentiment de la dignité et de l'indignité, répondit :

— Si elle n'est pas morte, c'est une raison de plus pour la pleurer.

— Oh ! mon Dieu, reprit M. d'Armeville, c'est encore un mystère : ne la condamnons pas sans l'entendre. Ce qu'il y a de triste en ceci, c'est la douleur du duc. Je ne parle pas du prince, c'est son affaire. L'aimait-il, ne l'aimait-il pas ? Ce qui est certain, c'est qu'il ne l'avait épousée que pour ses millions.

Le duc venait d'entrer, la présence de Madeleine lui alla au cœur. Sa figure si sombre s'illumina comme par réverbération ; il s'avança vers la jeune fille et la baisa au front.

— Savez-vous pourquoi je vous ai appelée, dit le marquis à Mme Templier ? C'est pour vous demander une grâce. Écoutez-moi : Maintenant que nous voilà revenus des Pyrénées , nous allons passer la saison de la chasse au château d'Arvers, en Champagne. Le duc adore la musique, voulez-vous me confier Madeleine? Vous pourrez d'ailleurs l'y accompagner, ou bien nous lui donnerons miss Johnson, une gouvernante anglaise rigide, mais douce, fille de bonne maison, musicienne elle-même.

— Gouvernante pour gouvernante, dit Mme Templier, elle aimerait mieux sa marraine; mais si je puis abandonner Madeleine à elle-même, je [ne puis quitter Léonie d'une heure. C'est un brave cœur aussi, mais c'est une enfant terrible. D'ailleurs, j'ai un autre enfant terrible, le capitaine Templier. La maison aurait sauté par les fenêtres si j'étais absente pendant quarante-huit heures.

— Eh bien, confiez-nous Madeleine pour quelques semaines ! Elle sera là-bas ma filleule comme elle l'est ici. Le duc l'aime beaucoup. Elle sera la joie du château.

Madeleine avait doucement passé son bras au cou de Mme Templier.

— Ma marraine, lui dit-elle doucement, je ne veux pas vous quitter.

Mme Templier était ainsi faite, que si Madeleine lui eût dit : « laissez-moi partir, » elle l'eût retenue, mais devant ce mot parti du cœur, elle prit le courage de dire tout haut :

— Madeleine, si tu m'aimes bien, tu iras avec ton parrain au château d'Arvers.

A cet instant, la jeune fille rencontra les yeux du duc ; il y avait une prière si pénétrante dans les yeux de M. de Marigny que Madeleine en fut touchée ; elle sentit qu'avec de si braves gens elle serait encore chez elle. Elle se laissa entraîner. J'ai dit déjà qu'elle aimait les hautes sphères. D'ailleurs, elle obéissait inconsciemment à quelque chose de plus fort qu'elle-même : elle obéissait à son cœur.

Quelques jours après, elle partait pout le château d'Arvers. Léonie aurait bien voulu être du voyage, mais elle aimait trop Madeleine pour lui en vouloir de la laisser seule.

Cette lettre de Madeleine peindra mieux que je ne le pourrai faire le pays où elle allait, tout en peignant son caractère à elle-même.

« Chère marraine et chère Léonie,

« Eh bien, oui, je suis dans un château, un « château des temps légendaires que l'on a sur- « nommé le château de la Belle-et-la-Bête, mais « comme vous n'êtes là ni l'une ni l'autre, je me

« crois dans un désert; pourtant, le marquis d'Ar-
« meville est si bon et si charmant, qu'il me fait
« presque oublier le capitaine. Je ne vous parle
« pas encore du duc parce qu'il est triste comme
« une nuit de province.

« Un peu plus on me comparerait à Diane
« chasseresse, tant on est ici en pleine chasse. J'ai
« suivi les chasseurs en char-à-bancs, mais je n'ai
« ni arc ni flèches. Je n'ai pas tué un roitelet et je
« n'ai pas rencontré Endymion.

« Beaucoup de provinciaux parmi ces chasseurs;
« quelques Parisiens égarés, comme le comte de
« N..., Arthur V..., le baron d'H... Je dois leur
« rendre cette justice aux uns comme aux autres
« qu'ils ont pour moi un respect glacial; on dirait
« que je suis une sainte dans une niche; mais
« vous me connaissez, j'aime mieux cela que des
« compliments à la portée de tout le monde.

« Du reste, je ne déjeune pas avec ces messieurs
« parce que miss Jonhson m'a dit qu'ils étaient
« trop gais; on ne s'en douterait pas au dîner, à
« moins que la gaieté ne soit la bêtise. Je ne parle
« ni pour le duc ni pour le marquis, car ceux-là,
« par déférence pour la bêtise, laissent parler leurs
« hôtes. Heureusement Diane chasseresse n'avait
« que des nymphes.

« Voilà donc les grandeurs de ce monde, car
« presque tous ces gens-là sont titrés de haut. Vois-
« tu, ma petite Léonie, il n'y a que l'art, musique,
« peinture ou poésie. Voilà la vraie aristocratie.
« J'oubliais, il y en a encore une autre, celle de la
« bonté. Voilà pourquoi je me trouve si heureuse
« avec vous deux et avec le capitaine.

« Je serais injuste, puisque je parle de bonté,
« de ne pas vous dire que le duc et le marquis sont
« les meilleurs des hommes. Je suis ici la fille de
« la maison. Pourquoi? M. d'Armeville me dit
« que c'est parce que je chante, et que ma voix
« va au cœur du duc.

« Faut-il vous peindre ce vieux château avec
« ses tourelles ébréchées et noircies, ses fenêtres à
« meneaux percées à tort et à travers dans le vrai
« style gothique, le pont-levis qui n'est plus qu'un
« jeu d'enfant, mais qui se lève et se descend tou-
« jours, la salle d'armes avec ses panoplies un peu
« rouillées, la salle à manger avec sa cheminée de
« géants, les salons qui renferment des merveilles
« de tous les arts, la galerie où je vais tous les
« jours admirer des femmes peintes par Paris
« Bordone et par Sébastien del Plombio, de vraies
« femmes plus vivantes que moi avec leur robe
« d'or taillée dans les beaux siècles de l'histoire.

« Ce beau château, qui fut un château royal, a
« je ne sais quoi de tragique au dehors et au de-
« dans… Je voudrais bien savoir son histoire…

« J'oubliais de vous dire que nous sommes à
« Arvers en pleine Champagne — celle du vin
« — et non du joli pouilleux de Murillo.

« Comme tous les clochers, celui d'Arvers
« se voit de loin ; bâti au beau milieu du versant
« de la montagne-aux-bois, il lance sa flèche aiguë
« jusqu'au-dessus du rocher, comme pour indi-
« quer le chemin de son village à tous les passants
« d'alentour. Puisque vous savez le chemin,
« avancez donc à l'ombre de ces sapins dont le
« feuillage contraste à merveille pour le paysa-
« giste. Ce clocher qui nous attire est orné d'un
« coq gaulois qui sert de girouette, bien entendu,
« d'une croix brisée et d'un drapeau naguère
« tricolore ; mais la couleur était de si mauvais
« teint que les orages en ont fait un drapeau
« blanc.

« Il y a au clocher d'autres ornements qui valent
« bien ceux-là ; de belles touffes de ravenelles épa-
« nouies, des bouquets de giroflées sauvages, des
« guirlandes de coquelicots indolemment bercées
« par les brises printanières. Clocher svelte et
« gai, regardant par quatre fenêtres toutes les

« moissons du pays, et parlant à tous les chrétiens
« avec une vieille voix brisée, mais pleine d'un
« charme mélancolique.

« Dans l'église, un autel de pierre rudimentai-
« rement sculpté, tout chamarré de rubans fanés,
« de fleurs artificielles fabriquées à Notre-Dame-
« de-Liesse. Par un hasard béni du ciel, cet autel
« est recouvert d'une guipure magnifique qui sera
« enlevée un de ces jours par la femme d'un mar-
« guillier.

« Dans une petite chapelle pavée de tombes
« d'illustres inconnus, une niche profonde, et
« dans cette niche un saint de pierre qui a perdu
« ses oreilles en 1792. C'est le saint du pays ; on
« le badigeonne impitoyablement à toutes les fêtes
« patronales, il n'a déjà plus d'yeux, à peine si on
« lui verra le bout du nez à la fête prochaine.
« Près de ce malheureux saint un confessionnal
« de l'école flamande, œuvre inconnue de quelque
« Van Orbeck de village, austère tribunal où ne
« se sont guère agenouillées que de jeunes et
« chastes pénitentes , quelquefois pécheresses
« parce qu'on les mariait trop tard. Non loin de
« la chapelle, dans la muraille humide, une tombe
« en marbre, un duc de Marigny : le titre n'y fait
« plus rien. Un portail qui n'est guère qu'une

« porte de maison bourgeoise, voilà le clocher,
« voilà l'église. Le cimetière est tout verdoyant,
» à l'ombre d'un beau pommier encore couvert
« de pommes. Ce cimetière a un air engageant
« dont je me défie.

« Passons dans le village : de petites maisons
« grises bizarrement groupées en amphithéâtre,
« des toits brunissants, des cheminées noires per-
« dues dans la verdure, des façades où serpente la
« vigne. Pour animer ce tableau, imaginez-vous
« un âne qui brait au seuil de cette porte, un
« chien qui dort et qui rêve sur le seuil voisin ;
« dans cette cour de jardinier, une poule qui re-
« tourne le fumier, près de cette gourmande
« un coq victorieux qui chante ses amours ; près
« du coq un grand nigaud de paysan qui veut
« l'imiter; plus loin un dindon qui charme l'o-
« reille d'un ivrogne avec son glou glou glouglou.

« Voyez-vous battre ces volets ambitieux ? Vous
« êtes en plein faubourg Saint-Germain-de-Ra-
« venay; c'est le presbytère encadré de haies odo-
« rantes, c'est la maison du notaire aux grilles
« orgueilleuses. Reconnaissez-vous les armes
« d'icelui, ce magnifique blason de cuivre, timbré?

« Mais j'ai pris le chemin des écoliers, je ne
« vous dis pas un mot de ce que je voulais vous

« dire, un peu plus j'attendrais au post-scrip-
« tum. Je prends mon courage et j'y vais bra-
« vement.

« Savez-vous qui nous est arrivé hier ? Le fils
« du duc qui a pris le titre de prince Trivulzio.
« Ma marraine sait que le marquis d'Armeville
« lui en avait dit un mot. S'il n'était pas trop
« jeune il serait très-agréable. Il est naturellement
« plus Parisien que s'il habitait Paris ; tous les
« mots à la mode, il les a sur les lèvres. Si je le
« trouve trop jeune il me trouve trop jeune aussi,
« car il fait outrageusement la cour à une de nos
« voisines, la baronne d'H..., qui me rendrait
« beaucoup de points.

« Il a l'air de dire en me regardant : les raisins
« sont trop verts. Je croyais que le duc adorait son
« fils, mais il n'en est rien : bonjour, bonsoir, c'est
« à peine s'il l'embrasse pour la galerie. Le prince
« Trivulzio a un léger accent anglais qui me va
« au cœur, je ne sais pas pourquoi.

« Je suis au bout de mon papier. Je n'ai plus de
« place que pour vous embrasser et pour vous
« dire, ma chère marraine et ma chère Léonie :
« N'ayez pas peur que je devienne princesse
« Trivulzio.

« MADELEINE. »

14

II

QUELLE EST LA FEMME QUI PLEURAIT
DEVANT LA CHEMINÉE ?

APRÈS les premiers jours de chasse au château, le duc et le marquis furent invités à cinq lieues de là, au château de Beauval, pour une chasse à courre. Le marquis avait voulu que Madeleine fût de la partie, mais elle ne montait à cheval que depuis trop peu de temps pour se hasarder en belle compagnie.

Quoique le château d'Arvers fût très-habité, elle s'aperçut le soir qu'elle était seule ou presque seule, le duc ayant emmené beaucoup de ses gens, le surplus courant le guilledou dans le village avec les voisins vignerons et vigneronnes, des si-

lènes et des bacchantes en blouses bleues et en ju-
pons rouges.

Madeleine aimait les poésies de la solitude, mais
depuis qu'elle se croyait quelque peu visionnaire,
elle n'aimait plus à être seule la nuit. Elle n'aimait
plus la nuit. Elle fuyait la compagnie de cette
gouvernante anglaise qui ne la gouvernait pas du
tout, mais cette fois elle résolut de passer la soirée
avec elle. Il était trop tard, miss Johnson avait
disposé de sa soirée pour aller prendre le thé
dans une famille américaine échouée en Champagne au milieu des vignes. Madeleine s'arma de
courage.

— D'ailleurs, dit-elle, ce ne sera pas comme à
Meudon, il n'y a pas eu ici un couvent de bénédictines; et puis j'espère bien que je ne suis plus
visionnaire.

Elle aurait bien pu trouver quelques femmes
au château, par exemple une des jardinières, mais
elle eut honte des terreurs puériles. Elle voulut se
prouver à elle-même son courage contre ce qu'on
appelle l'esprit de la nuit. On sait qu'en octobre le
soleil se couche de bonne heure ; à peine a-t-on
dîné, même si on dîne à six heures, que la nuit
est noire.

Quand Madeleine s'aperçut qu'elle était seule,

il était déjà neuf heures. Elle ouvrit la fenêtre ; mais ce n'était pas comme rue Billault, une nuit illuminée par les boutiques et les réverbères. Il n'y avait même pas une étoile au ciel, la lune ne devait se lever qu'après minuit. Tout dormait dans la campagne, jusqu'aux brises qui s'étaient assoupies dans les ramées. En écoutant bien, on entendait au loin, bien loin, les dernières chansons des vendanges.

Madeleine vint se rasseoir près du feu, elle eut peur de s'endormir et elle alla au piano, mais déjà la pâle frayeur la suivait ; elle commença par de gais airs de Mozart. Mais sans le vouloir elle joua bientôt des lieds de Weber, de Schubert, de Reber, ces poëtes nocturnes s'il en fut. Ceux qui n'ont jamais subi cette obsession si familière au moyen âge, ne comprendront pas comment Madeleine, qui était aussi loin d'être un esprit faible qu'un esprit fort, n'avait pu déchirer d'une main vaillante tous les suaires qui voltigeaient autour d'elle.

Nul n'aura raison des mystères de la mort, la grande ombre qui passe au milieu de nous jetant à pleines mains les pressentiments.

La jeune fille était retournée auprès du feu ; cette fois le sommeil la surprit pour tout de bon.

Quand elle se réveilla il était déjà minuit et demi.

— Enfin ! dit-elle, j'ai passé, sans m'en douter, cette heure fatale.

Mais elle ne fut pas sans inquiétude en voyant que les quatre bougies de la cheminée brûlaient dans les bobèches. Déjà les deux bougies du piano étaient éteintes, la chambre n'était plus qu'à demi éclairée. Le lit à baldaquin, style Louis XV, prenait une sombre physionomie, on eût dit une prison.

Une bobèche éclata, il n'y avait plus que trois bougies.

— Trois bougies, dit Madeleine c'est une lumière cabalistique.

Elle en éteignit une.

La nuit l'enveloppait de plus en plus ; elle comprit qu'il lui fallait se coucher pour ne pas se trouver tout à fait dans l'ombre. Elle alla s'asseoir devant une toilette Pompadour et dénoua sa chevelure, illustrée de quelques roses-thé pâlies par l'automne.

Elle prit ces roses et les respira.

— Qui dira jamais, pensa-t-elle, pourquoi le parfum d'une rose éveille tant d'images dans l'âme ; n'y respire-t-on pas le souvenir des jours heureux ? Et puis, qui sait si les âmes ne passent

14.

pas par là ? car je sens bien qu'il y a un monde surnaturel, tout en ne le craignant pas.

Mais elle était prise par la peur, elle n'osait se regarder dans la glace, surtout dans la demi-nuit où elle se trouvait.

M. d'Armeville avait donné pour chambre à Madeleine une pièce du premier étage, dont les deux fenêtres voyaient sur le jardin. Toutes ces pièces du premier étage étaient hautes, larges, solennelles, on eût dit que les géants avaient donné leur mesure. Elles étaient toutes tendues d'étoffes anciennes ou de tapisseries de Beauvais ; mais le mobilier appartenait à tous les styles, depuis Louis XIV, voire même depuis la Renaissance, car il y avait dans la chambre de Madeleine un prie-dieu du xvie siècle.

On comprend bien que deux bougies qui allaient s'éteindre ne jetaient pas une vive lumière dans une pareille chambre.

Madeleine pensa à entrer dans la chambre voisine, espérant y trouver des bougies moins brûlées, mais elle s'arrêta sur le seuil en pensant que ç'avait été la chambre de la duchesse de Marigny. Comment entrer dans la chambre d'une morte après minuit, une chambre où le duc seul était venu pleurer dans ses jours de mélancolie ?

Nul, hormis le duc, n'entrait dans cette chambre.

Mais, après avoir rebroussé chemin, Madeleine se moqua d'elle-même et ouvrit la porte d'un air décidé, tenant en main un des deux chandeliers qui brûlaient encore; il lui sembla, dès son entrée, respirer une vague odeur de sépulcre; on n'ouvrait jamais cette chambre et on n'y faisait jamais de feu, si bien qu'il s'en exhalait des étoffes, des boiseries, des cendres du foyer, je ne sais quoi de funèbre et de sépulcral.

Madeleine passa outre, respirant à peine. Mais tout à coup, comme elle cherchait des yeux les flambeaux de la cheminée, elle vit une jeune femme assise sur un fauteuil, la tête penchée dans sa main, vêtue d'une robe noire, cheveux blonds chastement noués, une femme de grand air, exprimant une tristesse profonde.

Madeleine poussa un cri et dit un mot qu'elle n'avait jamais dit jusque-là :

— Ma mère !

III

A PROPOS DES AMES EN PEINE

'AME est le livre de l'infini; tout y est, même l'impossible, même l'inconnu; ce ne sont que de vagues ébauches que nous retouchons selon nos rêves, pour les accentuer ou pour les faire plus vagues encore.

Homère, Eschyle, Shakespeare, Molière, Hugo, les poëtes tragiques et comiques, les romanciers, les peintres, les sculpteurs ont peuplé notre imagination d'images ineffaçables aussi vivantes, plus vivantes que celles qui passent devant nous en chair et en os.

Pourquoi ne pas admettre que l'âme, qui a une telle force créatrice quand elle est sur la terre, ne puisse continuer son œuvre dans l'autre monde?

Pourquoi ne pas admettre que l'âme elle-même ne revienne à certaines heures terribles de la vie, donner à ceux qu'elle a aimés les terreurs préservatrices du pressentiment? Les âmes en peine ne sont pas un vain mot, beaucoup de philosophes ont reconnu, tout en parlant haut de notre libre arbitre, que nous obéissons à une puissance occulte.

Nous sommes peut-être comme les acteurs de la comédie! qui jouent aveuglément les scènes que leur dicte l'auteur dramatique.

Roger de Beauvoir, qui était sceptique et railleur comme Don Juan, n'a jamais osé regarder une seconde fois sa figure dans un miroir à minuit quand il était seul dans sa maison.

C'est que la première fois il avait vu *son double*, c'est-à-dire un autre lui-même ou plutôt le fantôme de lui-même, un Roger de Beauvoir à demi effacé, presque transparent, une ombre fuyante.

— C'est mon maître, disait-il, c'est lui qui m'inspire mes actions, comme mes livres. Il commande et j'obéis ; par malheur, il m'en veut et me conduit mal tous les vendredis.

Combien qui, après Roger de Beauvoir, n'ont osé se fixer longtemps à minuit dans le miroir quand la solitude jetait autour d'eux son froid linceul. Il y a des heures nocturnes où les esprits forts ne sont que des esprits faibles. Il est bien facile, quand le soleil luit, quand la nuit éclate autour de nous en chansons, en soupers, en fêtes lumineuses, de braver l'inconnu ; mais quand le ciel se voile, quand la nuit mystérieuse nous regarde par ses mille yeux de diamant, nous sentons que nous sommes moins que rien et qu'il y a quelque chose là-haut.

Il y a quelque chose là-haut, il y a quelque chose autour de nous. Tous les grands esprits ont nié le vide. J'ai dit quelque part que si la terre, pour les imbéciles tournait dans le vide, pour les hommes d'esprit elle tournait dans le ciel.

Philippe d'Orléans, qui se moquait de Dieu et du diable (un peu plus de Dieu que du diable), avait, comme Turenne et tant d'autres héroïques soldats, la terreur des ténèbres. Il sentait, la nuit, l'attouchement des âmes comme on sent battre sur son front des ailes d'oiseaux, quand on entre dans une volière.

Or, quelle était la femme que Madeleine vit, pleurant dans la solitude de cette chambre de morte?

IV

LA COMTESSE ANONYME

A sœur est bien paresseuse! dit un matin Mᵐᵉ Templier à Léonie.

— C'est vrai, dit Léonie, elle avait promis d'écrire tous les jours, et nous n'avons encore qu'une lettre d'elle.

— J'ai bien envie de lui envoyer une dépêche.

— Pourquoi pas? C'est amusant de recevoir et d'envoyer des dépêches.

— Ne me parle pas de ça; quand je reçois une dépêche, il me semble toujours que c'est une mauvaise nouvelle.

— Tu comprends bien que si Madeleine était malade, je le saurais déjà.

— Peut-être la peur de t'inquiéter l'empêche d'écrire.

Mme Templier n'avait pas dit ces derniers mots qu'on sonna à la porte.

— Vois comme je suis, dit-elle en pâlissant, j'ai peur.

La femme de chambre annonça une dame inconnue. Mme Templier passa dans le salon, convaincue qu'elle allait avoir des nouvelles de Madeleine.

Dès qu'elle vit cette dame inconnue, elle dit en la regardant bien :

— Mais je vous reconnais !

C'était une femme de plus de quarante ans, attrayante encore par certains airs de jeunesse, par de beaux cheveux noirs, par des yeux vifs, par un sourire voluptueux. Les années avaient frappé leur marque, mais la nature était encore en pleine séve.

— Vous me reconnaissez ? dit cette dame. Moi aussi, je vous reconnais. Après tout, il n'y a pas un siècle que nous ne nous sommes vues.

— Il y a bien plus longtemps, reprit Mme Templier, car il y a plus de dix-huit ans.

L'ancienne sage-femme ajouta en riant :

— Sans compter les mois de nourrice.

La dame prit une figure sévère :

— Vous me rappelez mes torts, madame, mais si vous saviez toutes les traverses de ma vie ! les enchaînements et les péripéties ont toujours tué ma volonté. J'ai quitté Paris malgré moi, pour suivre mon mari en Russie. A peine de retour, il a été ruiné par un coup de bourse. Nous sommes allés à Londres où nous avons vécu avec une fortune réduite des trois quarts. Je ne vous ai pas écrit parce que je n'avais pas d'argent à vous envoyer. Voilà pourquoi aujourd'hui je n'ose vous parler de cette pauvre petite fille...

Mme Templier ne sut que trop dire ; cette franche nature n'était jamais armée pour le mensonge. Elle parla ainsi :

— Cette petite fille doit être devenue une grande fille, mais où est-elle ? je n'en sais rien. Il ne faut pas pourtant désespérer. Vous comprenez bien que je ne l'ai point gardée sous mes yeux ; je l'ai confiée à une sœur de charité qui m'a promis de veiller toujours sur elle.

L'ancienne sage-femme parlait comme une femme qui ne sait pas ce qu'elle dit.

— Mais cette sœur de charité où est-elle ? demanda la comtesse.

— Je n'en sais rien du tout ; mais j'espère la

15

retrouver. Du reste, pour moi, il n'est pas douteux que votre fille ne soit aujourd'hui vouée à Dieu ; les sœurs de charité ne prennent pas des enfants pour en faire des pécheresses.

La comtesse leva les yeux au ciel.

— C'est déjà une consolation, dit-elle, car si Dieu ne donne pas les joies du monde, il préserve de toutes les tempêtes.

La comtesse raconta à Mme Templier toutes ses infortunes ; elle avait eu quelques beaux jours, mais combien de jours orageux, combien de larmes pour effacer le rire, combien de regrets après les heures rayonnantes !

Elle demanda à Mme Templier si elle avait gardé longtemps sa fille avec elle :

— Un mois, deux mois, trois mois ; mais en ce temps-là je ne perdais pas de vue la sœur de charité, espérant toujours avoir de vos nouvelles.

— Jusqu'à quel âge avez-vous eu l'enfant ?

— Je l'ai vue qui marchait toute seule, mais je ne l'ai pas revue depuis.

— Ce devait être un ange.

— Pas du tout, c'était un petit diable. Oh ! celle-là vous ressemblait, la sœur de charité aura eu fort à faire.

— On l'avait ondoyée, l'a-t-on baptisée ?

— Oui, j'ai été sa marraine.

— Quels noms lui avez-vous donnés ?

— Mon nom de Rose.

— Un singulier nom, pour être religieuse.

— Est-ce que vous vous imaginez que les roses ne fleurissent que pour le diable ?

Au moment où ces deux femmes causaient ensemble, on apporta une lettre datée d'Yvetot. Cette lettre, adressée à Mlle Madeleine d'Armeville, chez Mme Templier, hôtel d'Albe, arrivait enfin rue Billault, après avoir couru le quartier.

— Ah ! une lettre pour Madeleine, dit l'ancienne sage-femme, qui donc peut lui écrire ?

Pendant qu'elle regardait la suscription, la comtesse la regardait aussi.

— C'est singulier, dit celle-ci.

— Que trouvez-vous là de singulier ?

— Oh ! mon Dieu, c'est parce que la lettre porte la date d'Yvetot, qui est un peu mon pays, et que l'écriture a la physionomie de la mienne.

— Ah ! vraiment.

— Oui ! c'est le coup de plume à l'emporte-pièce. Nous écrivons toutes comme cela dans notre famille.

Mme Templier était curieuse de savoir de qui

pouvait bien venir cette lettre, mais elle ne devina pas.

Elle la jeta sur la table, en se promettant de l'envoyer à Madeleine.

Un instant après, son mari ayant ouvert la porte du salon, elle alla à lui.

Quand la comtesse fut seule devant cette lettre qui irritait sa curiosité, elle dit :

— Je ne sais pourquoi je sens qu'il y a dans cette lettre quelque chose qui me touche. Mme Templier ne veut pas me dire la vérité. Si c'était une lettre de ma fille ?

Combien de fois n'avons-nous pas été pris ainsi par le magnétisme des choses !

Si Mme Templier avait tardé à revenir, je ne sais pas si la comtesse, une femme hardie et emportée, n'eût pas arraché ce secret.

— Vous recevez donc des lettres pour des jeunes filles, dit-elle à Mme Templier.

— Oui ! c'est une jeune fille que je connais, mais ne doutez pas que cette lettre ne soit d'une femme, car Mlle d'Armeville est une fille bien élevée.

La comtesse tenta vainement d'en savoir davantage, la maîtresse du logis lui fit comprendre qu'elle était attendue par son mari. Elle lui promit de faire des recherches vers la sœur de charité qui, sans doute, pourrait lui donner des nouvelles de sa fille. Mais elle se dit à elle-même qu'elle n'en ferait rien. Ce qu'elle voulait, c'était gagner du temps.

Or, il arriva ceci : c'est que Mme de Charmont, la comtesse anonyme, puisque aussi bien il faut l'appeler par son nom, se décida à s'arrêter à Yvetot en retournant en Angleterre par Brighton. Il lui semblait qu'elle ne traverserait pas le pays sans apprendre quelque chose.

Elle avait remarqué sur le cachet de la lettre des armoiries très-parlantes.

Si elle questionnait bien la directrice des postes d'Yvetot, elle ne manquerait pas de découvrir l'amie de Madeleine. Les directrices des postes sont très-discrètes et très-diplomatiques; mais Mme de Charmont avait la diplomatie de l'indiscrétion.

Dans son obstination d'arracher un secret, elle arriva, après mille chatteries, à faire parler celle qu'on surnommait à Yvetot : la statue du silence. Elle apprit le nom de toutes les femmes en villégiature ou à poste fixe dans le canton d'Yvetot.

— Excepté pourtant une, dit la directrice des postes; celle-là, je l'ai à peine entrevue sous un

double voile ; elle se cache dans le château de la
Roche-Noire, au fond d'un pays qui est une forêt ;
elle ne met jamais les pieds dehors ; elle ne reçoit
âme qui vive : on dirait Estelle et Némorin.

— Ah! il y a un Némorin.

— Oui. Et, ce qu'il y a de plus étrange, c'est
que ce Némorin n'est pas du pays. C'est un ami
de M. de Rubœuf, le châtelain habituel, qui est
aux eaux et qui permet à ces deux amoureux d'être
heureux chez lui.

La comtesse comprit qu'il serait difficile de pé-
nétrer là, mais c'était une femme qui n'aimait pas
les portes ouvertes. Elle résolut donc, coûte que
coûte, vaille que vaille, de s'aventurer par là, dût-
elle jouer la scène des voitures versées.

Elle fit mieux que cela ; dès le lendemain, elle
se fit conduire jusqu'à l'avenue du château. Là,
elle descendit de voiture et la renvoya pour brûler
ses vaisseaux. Aussi elle s'avança, intrépide sous
son ombrelle, décidée à se faire mettre à la porte,
mais décidée surtout à entrer.

V

LE CHATEAU DE LA ROCHE-NOIRE

 UAND elle arriva à la grille, elle sentit que son cœur battait; mais il avait battu tant de fois!

La grille était ouverte; elle passa outre.

Elle contourna une pelouse. Qu'allait elle dire, si elle rencontrait quelqu'un? Elle dirait qu'elle venait faire une visite au châtelain M. de Rubœuf, un de ses amis, car elle n'avait point oublié de se bien renseigner. On lui dirait qu'il était absent. Elle jetterait les hauts cris; elle avait renvoyé sa voiture pour le mieux surprendre; elle ne pouvait pas retourner à Yvetot. Peut-être lui offrirait-on l'hospitalité.

C'était là un rêve romanesque, mais comme elle

était elle-même de bonne maison et qu'elle était femme de ressource, il n'y avait pas à désespérer.

Toutes ces idées caressées en route lui repassaient dans la tête, quand elle aperçut tout près du château, sous un marronnier gigantesque, une femme couchée dans un hamac, un livre à la main.

— J'aime mieux cela, dit-elle, c'est sans doute celle qui a écrit à Mlle Madeleine d'Armeville. S'il faut m'en aller, je l'aurai vue, tandis que si c'était l'amoureux il pourrait me cacher l'amoureuse.

Elle surprit la lectrice dans son hamac.

— Madame, je vous demande pardon.

Elle s'inclina avec une grâce toute mondaine en souriant de tout son cœur.

La châtelaine sauta violemment hors du hamac.

— Mais, madame !

Elle avait pris un air terrible, comme si sa solitude fût sacrée.

— Oh ! mon Dieu ! madame, je serais désolée de vous troubler, je viens pour voir M. de Rubœuf.

— Mais, madame, M. de Rubœuf est bien loin.

— Comment, il est bien loin ! Il m'a écrit que si jamais je passais à Yvetot, il m'en voudrait à mort si je ne venais lui serrer la main dans son château.

Et, en parlant, la comtesse avait mis des caresses dans sa voix comme dans ses yeux.

La lectrice, qui avait laissé tomber son livre,
laissa tomber un peu sa fureur. Cette visite inattendue lui était bien désagréable, mais la figure
de la comtesse ne lui déplaisait pas trop, quoiqu'elle lui ressemblât beaucoup.

— Eh bien, madame, j'en suis désolée, mais
M. de Rubœuf est encore à Biarritz et ne reviendra pas avant la mi-novembre, je suppose.

— Oh, madame, je ne veux pas l'attendre jusque-là ! ce qui me désespère, c'est que j'ai renvoyé
ma voiture.

— Mais, madame, je vous ferai reconduire par
la mienne.

— Vous êtes trop gracieuse ! Me permettrez-vous
de m'asseoir un instant ?

— Comment donc !

On apportait alors, sur un plateau d'argent, le
goûter de la châtelaine.

— Remportez cela, dit-elle, avec un signe hautain.

Mais elle se ravisa.

— Voulez-vous goûter avec moi, madame ?

— Avec le plus vif plaisir ! J'aime ce château
qui me rappelle de belles années de jeunesse.

15.

— Mais vous êtes bien jeune encore.

— Oh non! la jeunesse c'est le paradis perdu pour moi. Mais enfin avoir été jeune c'est déjà quelque chose : il y a tant de femmes qui ne sont ni belles ni jeunes comme vous. Mais à propos, madame, permettez-moi de me présenter régulièrement.

La comtesse se leva à demi :

— Je suis madame la comtesse de Charmont.

Les deux femmes s'étaient assises devant une petite table en mosaïque où on avait disposé le goûter : c'est-à-dire des raisins et des pêches de Paris, avec une galette cuite au four du château, belle galette dorée, délicieuse aux yeux, comme aux lèvres, pétrie avec ce beau beurre de Normandie, qui fait venir le lait à la bouche.

Naturellement la comtesse n'osait pas interroger la mystérieuse châtelaine. Mais tout ce qui tombait dans le fossé était pour le soldat. Quoique cette dame ne voulût rien dire, elle se trahissait çà et là.

Au bout d'un quart d'heure, tout en revenant à la galette et aux raisins, la comtesse savait que la châtelaine commençait à en avoir assez de ce château perdu dans les bois.

— Et pourtant, dit la comtesse, la solitude est si douce à deux.

— Oui, mais je commence à croire que la vie est un voyage. J'ai fait vœu de vivre hors du monde, jusque dans l'autre monde!

Et la dame poussa un soupir. Mais elle jugea qu'elle en avait trop dit. Aussi, pour égarer l'esprit de la comtesse, elle conta qu'elle était étrangère.

— Vous avez l'air d'une Parisienne.

— C'est que Paris s'impose partout; on fait mes robes et mes chapeaux à Paris, même quand je suis au bout du monde.

— Mais vous avez des amies à Paris?

— Est-ce qu'on a des amies!

— Ce n'est pas ce que me disait hier une jeune fille charmante qui serait digne de vous connaître, Mlle Madeleine d'Armeville.

La figure de la châtelaine s'illumina d'un vif rayon.

— Madeleine d'Armeville? Vous la connaissez, n'est-ce pas?

Ce nom s'était échappé des lèvres de la dame.

— Non, je ne la connais pas, mais j'ai ouï parler d'une jeune fille qui portait ce nom et qui chantait comme un ange.

La comtesse pensa qu'il n'y avait plus à douter. C'était bien celle qui avait écrit à Madeleine. Elle la regardait d'un air distrait, comme pour mieux surprendre la vérité. Plus elle allait loin dans les découvertes, plus elle se disait :

— C'est peut-être ma fille.

Elle se rappelait vaguement que beaucoup plus jeune, elle avait eu, de près ou de loin, cette figure tour à tour hautaine et coquette, avec ce nez un peu court mais décidé, agitant fièrement ses ailes comme fait un cheval de sang, avec ces dents blanches mais irrégulières, avec ces fossettes dans les joues, avec ce menton provocateur.

— Oui, oui, c'est bien moi que je retrouve, mais pourtant j'étais plus tumultueuse, car je me souviens bien que je ne pouvais pas rester en place.

A peine la comtesse se fut-elle ainsi parlé à elle-même, que la jeune dame lui prouva qu'elle était tout aussi tumultueuse. En effet, sa femme de chambre étant survenue par curiosité, sous prétexte de lui parler d'une robe, elle lui jeta au nez une grappe de raisins à moitié égrenée.

— Ah! c'est bien à moi, murmura la comtesse.

Mais puisque cette dame connaissait Madeleine, sans doute Mme Templier la connaissait; or, si c'était sa fille, pourquoi le lui eût-elle caché?

Une heure s'était passée ainsi, quand on entendit un roulement de voiture dans l'avenue. C'était l'amoureux de la dame qui rentrait d'une promenade à la forêt. Les deux femmes furent quelque peu inquiètes. La maîtresse de la maison alla audevant des chevaux. La comtesse se disposa à battre en retraite, elle s'était levée en déployant son ombrelle, décidée à prier son hôtesse de la faire reconduire par les chevaux qui piaffaient encore devant le perron.

Mais elle s'écria tout à coup :

— Le marquis d'Harfox.

En effet, c'était le marquis d'Harfox. Elle l'avait beaucoup connu en Angleterre; il avait presque été son amant; elle ne doutait pas qu'il ne l'accueillît de fort bonne grâce. Aussi elle alla droit au perron.

— Mon cher marquis, lui cria-t-elle dans sa bruyante expansion, *la place m'est heureuse à vous y rencontrer.* Quoi! c'est vous que je retrouve en cette solitude, vous, l'homme de toutes les fêtes et de tous les tapages !

Le marquis ne fut pas si expansif; il reconnut la comtesse, mais il aurait mieux aimé la savoir en Angleterre ou ailleurs.

— Bonjour, comtesse, lui dit-il sans faire un

pas vers elle ; vous vous êtes donc perdue en route ?

— Et vous ?

— Moi, je me suis retrouvé.

— Ah oui, vous faites pénitence en cette thébaïde, avec cette adorable princesse des contes des fées.

La châtelaine ne savait plus quelle figure faire. Un peu plus elle s'emportait jusqu'à envoyer au diable la comtesse. Elle se contint, espérant que le marquis se chargerait de cette besogne, mais lord d'Harfox était trop gentleman pour mettre une femme à la porte, à une heure de toute habitation. Il espérait d'ailleurs que la comtesse s'en irait toute seule. Il n'osa pourtant pas lui proposer ses chevaux.

Un valet de chambre survint pour demander si on dînerait en haut.

Le marquis se tourna vers la comtesse :

— Madame de Charmont, est-ce que vous dînez avec nous ?

La maîtresse de la maison fronça le sourcil.

— Oui, si vous voulez me reconduire, dit la comtesse.

Elle se reprit et s'empressa d'ajouter :

— Ou me faire reconduire.

M. d'Harfox regarda la châtelaine :

— Si vous voulez, ma belle amie, il fera ce soir beau clair de lune, nous reconduirons la comtesse à Yvetot, à moins qu'elle ne veuille coucher ici.

— Mon bel ami, répondit la châtelaine d'un air ironique, vous êtes un lunatique. Vous savez bien que j'ai fait vœu de ne jamais sortir du château, si ce n'est le jour de mon enterrement. Puisque cela vous amuse, vous conduirez madame.

La comtesse vit bien qu'elle avait fâché la maîtresse du logis ; mais comme ces derniers mots excitèrent encore sa curiosité, elle décida qu'elle dînerait, en dépit de toutes les grimaces. Elle n'avait jamais lu un roman avec autant d'intérêt.

— Comment, madame, dit-elle avec son plus gracieux sourire, vous avez fait vœu de vivre et de mourir ici ?

— Oui, madame, j'aime la solitude.

La châtelaine dit cela pour faire comprendre à Mme de Charmont qu'elle était fort indiscrète.

— Madame, je ne dirai pas tant pis pour vous, mais tant pis pour vos amis. On n'a pas le droit, quand on a votre beauté et votre esprit, de se séquestrer du monde. Ce n'est pas un sacrifice pour vous, mais c'est une punition pour les autres.

La châtelaine s'inclina en disant qu'elle allait donner des ordres. L'orage commençait à monter dans son cœur; elle voulait méditer toute seule avant de prendre un parti violent.

On ne trompe pas les femmes : par un seul regard, elle avait jugé qu'il y avait eu quelque forfaiture galante entre le marquis et la comtesse.

Quand elle fut seule elle décida, car elle était curieuse aussi, qu'elle assisterait d'un air distrait au spectacle de ces amoureux de rencontre. Elle en eut bientôt l'occasion.

Le marquis avait donné le bras à la visiteuse pour la promener, sur sa prière, à travers les appartements du château.

VI

LE SALON DE DIANA

 ord d'Harfox et la comtesse étaient entrés dans le salon de Diana.

Le château de la Roche-Noire est une merveille de la Renaissance, avec ses nymphes de Germain Pilon sur la façade, mais cette merveille est perdue dans les bois.

On n'en fera pas ici la description, parce que le récit de l'histoire nous entraîne, mais nous nous arrêterons un instant au salon de Diana. Pourquoi le salon de Diana? parce que c'était là que la maîtresse du logis, qui se cachait sous ce nom de guerre, passait ses heures de rêverie; c'était là qu'elle relisait page par page le premier roman de sa vie.

Il n'y a que le poëte Saadi qui pourrait vous parler du salon de Diana. Quel est le peintre à la la mode qui, en un mois, a improvisé ce miracle des roses? C'est un peintre anglais, petit-fils de Lawrence, cousin de Chaplin.

Tout révèle un goût exquis, tout prend la marque d'un esprit amoureux, dans ces symboles charmants qui se cachent sous l'or, la ligne et la couleur. S'est-on souvenu du pavillon du roi, à l'Escurial, qui est un éblouissement : le luxe dans l'art et l'art dans le luxe? Le marbre, le porphyre, l'onyx, l'agate, encadrent les plus merveilleuses peintures.

On a beaucoup vanté les miracles du temple de Salomon; mais l'art était étouffé sous la matière orgueilleuse. On n'avait trouvé rien de plus beau que de revêtir les murailles de lames d'or. En Espagne, le pays du soleil et des féeries, on n'avait rien trouvé de mieux, au palais du Buen-Retiro, que de lambrisser un des salons par un millier de miroirs, qui réfléchissaient à l'infini les grandesses et les donas.

En entrant dans le salon de Diana, le regard est soudainement pris par le plafond — pareillement dans un paysage, c'est le ciel qui nous frappe. Les trois Grâces — les trois Vertus théologales des païens — entourent dans une guirlande de roses le médaillon de Diana. Autour sont groupés les Arts, qui lui présentent leurs attributs. Un génie familier aux anciens, qui dans les fresques retrouvées tient tour à tour le compas, le pinceau, la lyre et le ciseau, sculpte dans le Paros les traits de Diana. D'autres génies portent dans une corbeille de fleurs M. de Cupidon, réveillent l'Aurore encore endormie et chassent au loin les nuages pour faire un ciel splendide. Ce beau ciel se continue jusque dans la corniche, mais il s'y perd à travers un treillage doré, sous les enroulements de fleurs qui s'épanouissent en si grand nombre qu'on croirait traverser tous les paradis perdus.

Il y a six dessus de porte où le peintre a symbolisé les fleurs. Au-dessus de la porte d'entrée, quelle est donc celle qui exprime la rêverie ? cette fleur mélancolique toute couronnée d'étoiles, sous le croissant de la lune ? Vous avez connu la Pensée. Ne vous attristez pas sous le symbole : dans le salon de Diana, la pensée est toute rose. Le peintre a laissé les soucis à la porte. La Poésie seule, qui rêve dans le bleu, a droit de cité, même avec ses chants austères, même en ses jours de deuil et de larmes.

Le peintre, plus préoccupé encore de la palette
que de l'idée, a voulu, dans le second dessus de
porte, symboliser les coquelicots et les bluets. En
effet, quel merveilleux thème pour un coloriste !
Voici comment celui-ci a composé son tableau :
une Chloë se couronne de coquelicots devant un
miroir que lui présente un Amour ; à côté d'elle
une Philis est endormie sous une couronne de
bluets, et un autre Amour essaye de la réveiller
avec un épi de blé ; cet épi remplace le carquois
suranné des anciens, et indique qu'il n'y a pas
seulement des bluets et des coquelicots dans la
moisson.

Le symbole de la violette compose le troisième
dessus de porte. Ce qui me frappe, c'est une belle
fille qui joue du pipeau au milieu d'un champ de
violettes.

Le quatrième dessus de porte est l'histoire des
fleurs aquatiques. Quels beaux chants alternés
disent ces naïades sous leurs couronnes de nénu-
phars et de roseaux !

Il y a encore la marguerite, il y a encore la rose.
La marguerite, c'est toujours la vieille histoire :
« Je t'aime un peu, beaucoup, passionnément. »
On appelle cela l'oracle des champs, — un oracle
qui ne craint pas la destruction de ses temples.

Comment le peintre a-t-il représenté la rose? Tout simplement en nous montrant l'Aurore, cette fille d'Homère, dont les doigts fleurissent comme un mai perpétuel.

C'est tout un enchantement que cette peinture, épanouie en sa jeunesse, qui rit à belles dents, qui montre ses joues roses et ses cheveux blonds. Le tiède soleil, qui dore sans brunir, a passé sur tout cela. Nous sommes loin du réalisme, mais ces charmantes figures vivent de la vie de l'art. C'est un Décameron où se disent les plus belles choses.

Tout le salon est du plus pur style Louis XVI. La cheminée est un chef-d'œuvre. Dans chacun des angles du plafond, il y a un médaillon d'où s'échappent encore des fleurs. Des fleurs ici, des fleurs là-bas, partout des fleurs. Sur les portes et les panneaux, les camaïeux déroulent leurs lignes légères comme sous la main féerique d'Audran.

Diana avait dit de son salon, en levant les yeux au ciel :

— Je ne veux pas de nuages ici.

Mais nul ne fait son ciel. S'il n'y avait pas de nuages au ciel du salon, il y avait des nuées qui montaient au ciel de Diana.

Mais qu'est-ce que Diana? Une princesse éga-
rée dans les bois. Vous ne l'avez pas reconnue?

Elle ne s'appelait Diana que depuis qu'elle habitait le château de la Roche-Noire.

VII

CONVERSATION QUASI CRIMINELLE

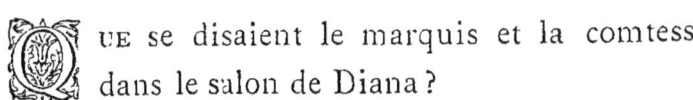 UE se disaient le marquis et la comtesse dans le salon de Diana ?

Lord d'Harfox, qui était poli, lui exprima ses regrets d'en être resté avec elle à la préface : la comtesse, qui était encore coquette, alluma ses yeux pour lui dire qu'il lui avait fallu une rude vertu pour résister à un homme comme lui.

Après avoir admiré le salon de Diana on avait soulevé une portière et l'on s'était assis un instant dans une petite rotonde, tout enchinoisée d'étoffes et d'ornements : un bijou à faire rêver un Japonais lui-même. La comtesse prit la main du marquis :

— Je suis bien contente de vous voir heu-

reux avec cette belle dame. Je ne veux pas vous
questionner, mais dites-moi l'histoire en quatre
mots.

Le marquis garda le silence.

— Voyons, mon cher ami, cette histoire je l'ai
devinée.

— Eh bien, je n'ai rien à vous dire.

— C'est une jeune fille que vous avez enlevée.

— Ou qui m'a enlevé.

— C'est connu. En ces affaires-là, c'est le
monsieur qui enlève la dame et c'est la dame qui
enlève le monsieur, sans quoi il n'y aurait pas
d'enlèvement.

La châtelaine, qui suivait à distance d'un pas
distrait, arrivait alors contre la portière. Elle se
garda bien de la soulever, mais elle y mit une
oreille indiscrète.

— Quoi qu'il en soit, reprit la comtesse, je ne
puis que vous féliciter. Il est impossible de se
séquestrer du monde avec une plus belle créature.

A ce dernier mot la châtelaine eut un frémisse-
ment d'impatience.

— Ah ! je puis le dire à ma louange, reprit le
marquis, que je ne me suis jamais attaqué qu'aux
plus belles femmes. D'abord parce que j'aime la

beauté, ensuite parce que les belles femmes sont plus faciles à prendre que les laides.

— Oui, mais celle-ci ne devait pas être facile à prendre, car chez elle il y a de la race; j'ai jugé tout de suite que c'était une femme d'un caractère endiablé, elle doit vous donner du fil à retordre par ses hauts caprices.

— Oui, mais c'est du fil d'or : nous nous adorons.

— Je le vois bien. Je dois vous dire que ça me fait plaisir, car j'aime beaucoup cette jeune dame.

— Pourquoi?

— Qui sait, j'ai peut-être mes raisons pour cela.

La comtesse hasarda ce mot :

— Elle est peut-être de ma famille.

La châtelaine se tint à quatre pour ne pas entrer sur ce mot.

— La causerie continuait :

— Je sais que vous êtes bien apparentée, les Charmont sont de bonne maison, mais je ne les savais pas alliés aux princesses.

— Princesses! Mais tout le monde a une princesse dans sa famille, même les financiers.

— Oui, mais, ma chère amie, il paraît que celle-là est une princesse de sang royal.

— Vous m'en direz tant !

La comtesse pensa cette fois qu'elle faisait fausse route. Elle se dit que c'était une illusion et que cette princesse de sang royal ne pouvait être sa fille, mais elle maintint haut et ferme son orgueil aristocratique.

— Vous pouvez bien admettre, mon cher marquis, que si vous enlevez une princesse, je puis bien vous dire qu'il y a des princesses dans ma famille. Et d'où vous vient cette bonne fortune ?

— Ce n'est pas de la Cochinchine ni de la Californie.

— Je sais bien que votre princesse ne revient pas de Pontoise, mais je me demande comment vous avez tenu vos cartes avec elle.

— Comment teniez-vous vos cartes, vous, comtesse ?

— Oh ! moi, ce n'est pas la peine d'en parler ; il n'y a eu que des commencements.

— Voyons, voyons, n'ai-je pas été témoin dans un duel à propos de lettres écrites par vous ?

— Toute lettre écrite par une femme est un acte d'accusation contre elle.

— Soyons de bonne foi, ce n'était pas un commencement, c'était une fin.

La comtesse laissa échapper un cri du cœur.

— Oh! les femmes sont bien malheureuses!
pour trois ou quatre aventures on les condamne.

— Qui est-ce qui les condamne?

— Les jalouses qui enragent de ne pouvoir en
faire autant.

La comtesse, devenue silencieuse, se retournait
vers le passé.

— Quoi qu'on fasse, voyez-vous, c'est toujours
la faute du mari. Quand le mien s'est marié avec
moi, il avait une maîtresse; un an après il en
avait deux; voilà à quoi ma dot a servi. J'ai traversé la vie la plus rude, tout en souriant toujours. Il ne faut donc pas me reprocher mes passions; d'ailleurs les passions ne tuent pas l'âme,
au contraire, elles la font vivre et lui donnent du
courage pour le bien, même dans le mal. J'ai la
plus grande vénération pour les mères de famille
qui sont restées dignes du berceau de leurs enfants; mais je n'ai point d'indignation contre
les femmes que la passion a emportées, quand
le mari ouvrait la porte de la maison à toutes
les misères et à tous les vices; c'est là l'histoire

de presque tous les mariages parisiens ; aussi les femmes qui restent pures sont des anges.

Et, sans autre transition, la comtesse demanda au marquis si sa maîtresse était mariée.

— Je n'en sais rien, dit le marquis, qui ne voulait pas répondre ; quand je prends une femme, je ne demande pas ses papiers. Je ne veux rien savoir du passé.

— Vous n'êtes point sérieux, ou plutôt vous voulez me cacher ce que je sais déjà. Si cette belle créature n'était pas mariée, est-ce que vous ne l'épouseriez pas ?

— Eh bien, oui, dit le marquis, qui s'était laissé surprendre, je l'épouserais !

— Dieu merci, mon cher marquis, votre amoureuse a bien choisi son désert, je comprends qu'elle y tienne. Si j'étais ici avec vous, je ne voudrais pas d'un royaume ailleurs.

— N'est-ce pas, ma chère comtesse. Je commence pourtant à croire que le bonheur n'est pas de ce monde. Pendant tout un mois, nous avons vécu de notre amour, sans vouloir lire ni un journal, ni un roman. Le monde était dans notre cœur, tous les romans étaient dans notre âme ; que nous importaient les infiniment petits du dehors ?

— Comment! cette grande passion est déjà amortie ?

— Que voulez-vous? Je crois qu'il n'y a de grande passion que si elle est battue par les vents contraires. La passion, ce n'est pas la paix du cœur, c'est la tempête. Or, qu'est-ce que la tempête sous le ciel sans nuages?

— Vous avez raison, pour être heureux, il faut être malheureux.

— Voilà une grande vérité. Il faut être dans le grand volcan de Paris pour comprendre le paradis et l'enfer de l'amour.

Tout en causant, la comtesse était toujours armée de sa coquetterie, non pas qu'elle voulût tenter le marquis, puisqu'elle croyait toujours vaguement que la châtelaine pouvait bien être sa fille, mais par habitude de rouler les yeux et de magnétiser par son sourire. Certes la comtesse avait perdu bien des charmeries de sa jeunesse, mais elle n'avait point dépassé encore le pays des enchantements.

Ses yeux étaient toujours à leur poste, comme deux vaillantes sentinelles. Avec de beaux cheveux noirs, elle avait l'art de voiler mystérieusement les demi-rides de son front. Il y avait peut-être deux ou trois dents fausses dans sa bouche, mais

qui n'étaient pas en dissonance avec les vraies.
Avec cela une gorge orgueilleuse, de beaux bras,
des mains potelées ; enfin un air de volupté naguère irrésistible, mais encore charmant, répandu
sur toute sa figure. En y regardant de trop près,
on découvrait peu à peu que la quarantième année
avait sonné pour elle. Mais M. de Cupidon brave
les almanachs.

Le marquis d'Harfox, on vient de le voir, se
trouvait trop en villégiature au château. Il n'était
pas fâché de cette distraction inattendue, si bien
qu'il devenait de plus en plus aimable. Quand on
a failli être l'amant d'une femme, on garde toujours, malgré soi, je ne sais quelle vague aspira-
tion dont on ne se débarrasse pas.

M. d'Harfox en était là.

Il pensait qu'il ne lui serait pas du tout désagréable de reconduire la comtesse au clair de la
lune. Ce ne fut pas assez pour lui, il voulut re-
commencer la bataille séance tenante.

La comtesse lui fit remarquer qu'il laissait bien
longtemps sa princesse toute seule.

— Oh ! dit-il d'un air tranquille, je suis sûr
qu'elle est dans son cabinet de toilette : une femme
qui se fait belle ne s'ennuie pas.

Le marquis prit la main de la comtesse.

— Comme vous avez eu une bonne idée de venir ici !

— N'est-ce pas ?

— Un peu plus, je reprendrais la conversation interrompue il y a six ans.

— Qu'est-ce que vous me disiez donc ?

— Que je vous adorais, tout bêtement.

La châtelaine ne perdait pas un mot.

— Et que vous répondais-je ?

— Vous me répondiez que, pour arriver jusqu'à vous, il fallait traverser l'épreuve de l'eau et du feu. C'était aux bains de mer, vous vous en souvenez, j'avais les pieds dans l'eau, le feu dans le cœur, un peu plus je vous enlevais.

— Oui, mais mon mari était sur la plage, et d'ailleurs ma vertu veillait.

— Oh ! votre vertu, je n'avais pas peur d'elle.

Et comme preuve, le marquis fit tomber la comtesse sur son cœur en lui baisant les cheveux.

Elle se releva avec ce sentiment de la résistance qui sauvegarde au premier moment les femmes les plus abandonnées.

Ce fut à cet instant que la princesse, arrachant la portière, se montra terrible en sa pâleur au seuil du salon.

La comtesse fut anéantie, elle n'avait rien à dire, elle se tut.

Le marquis partit d'un éclat de rire, comme pour prouver aux deux femmes qu'il n'y avait là qu'une simple comédie.

Mais la princesse, toujours immobile comme la statue du Commandeur, retenant comme des chevaux qui allaient s'emporter toutes ses colères impatientes d'éclater, dit froidement à Mme de Charmont :

— Sortez, madame.

Et comme la comtesse paraissait ne pas entendre ou ne pas comprendre, elle fit un pas vers elle, la foudroyant du regard.

— Madame, je vous dis de sortir, parce que je vous chasse !

Mme de Charmont bondit comme une lionne blessée.

Elle fit à son tour un pas vers la princesse.

— Pourquoi me chassez-vous, madame ?

— Je vous chasse, parce que vous êtes une drôlesse.

— Mais qu'êtes-vous donc, vous, madame ?

La situation allait tourner au tragique quand le marquis, avec sa froideur britannique, prit sa maîtresse dans ses bras pour l'emporter dans le

salon de Diane. Mais il ne put l'empêcher de crier
à ses gens :

— Chassez cette femme !

Voilà comment Mathilde chassa sa mère, car
depuis que Mme de Charmont est entrée au château de la Roche-Noire, vous avez reconnu que la
comtesse anonyme était chez sa fille.

VIII

IL Y A DES MORTES QUI REVIENNENT

O N ne fut pas peu surpris à l'hôtel du duc de Marigny quand, un matin, un cocher de fiacre qui s'était d'abord « engueulé » avec le concierge pour qu'on ouvrît la porte cochère, fit claquer son fouet devant le perron comme s'il eût conduit des chevaux de sang.

— Qu'est-ce que c'est que ça ! dit un valet de chambre qui fumait sa pipe à une fenêtre du premier étage.

Ça, c'était tout simplement la princesse qui revenait de l'autre monde.

Le valet de chambre la reconnut comme elle descendait du fiacre, parce que son grand air lui

donnait l'envergure d'une géante. Aussi le valet
de chambre en laissa-t-il tomber sa pipe qui vint
se casser aux pieds de la princesse.

Je vous laisse à penser quel fut le remue-
ménage de l'hôtel où il était resté quatre domestiques. Heureusement, c'était en plein jour, car
si c'eût été la nuit, ces gens-là seraient devenus
fous.

La princesse avait donné vingt francs au cocher
de fiacre, qui se croyait presque de la maison, et
qui fit des façons pour s'en aller, sous prétexte
qu'il était venu du chemin de fer de l'Ouest en
moins de dix minutes. C'était assez beau pour
des chevaux de fiacre.

Le premier mot de la princesse fut celui-ci :

— Comment ! le prince n'est pas là pour me
recevoir.

Aucun des domestiques n'osait prendre la parole. Enfin, le plus ancien dit très-respectueu-
sement:

— Madame la princesse ne sait donc pas que le
prince est dans sa principauté des Calabres.

Un peu plus il ajoutait : « Il est parti depuis
qu'il a eu le malheur de perdre madame la princesse. »

Tant on était convaincu à l'hôtel que la jeune femme n'était plus de ce monde.

— Et Mlle Maria ? demanda la princesse.

Le vieux serviteur n'osa répondre.

— Est-ce qu'elle est partie avec le duc ?

Le valet de chambre au brûle-gueule se hasarda à dire que s'il n'avait peur d'être désagréable à la princesse, il lui avouerait que Mlle Maria était maintenant la femme de chambre d'une fille à la mode, Mlle Caroline de Jenesaisquoi.

Cet homme avait une dent contre Maria.

— Qu'on aille tout de suite me la chercher, dit la princesse.

— Mais, madame la princesse...

Mathilde ne souffrait pas qu'on se permît de ne pas obéir en silence.

— C'est que Mlle Caroline est en Italie.

Mathilde fit semblant de ne pas entendre et dépassa les domestiques en montant l'escalier.

Une demi-heure après, elle envoyait une dédêche à son mari, et une dépéche au duc de Marigny.

Elle revenait de cette incroyable équipée comme on revient d'un pèlerinage. Que dirait-elle au prince et au duc ? elle ne le savait même pas. La question pour elle était d'être dans la place. Qui oserait lui dire qu'elle n'était pas chez elle ?

Le lendemain, au château d'Arvers, le marquis d'Armeville dit, en voyant la dépêche :

— Voilà la fille du Diable retrouvée.

IX

LES PAROLES D'OUTRE-TOMBE

EPENDANT, que devenait-on au château d'Arvers?

Nous avons laissé tomber le rideau sur une scène mystérieuse. On se rappelle que Madeleine, pénétrant dans la chambre de la duchesse pour y chercher des bougies, s'était écriée : « Ma mère ! » comme elle se fût écriée : « Mon Dieu ! » Un cri d'épouvante parce qu'elle avait vu, presque dans la nuit, une femme en noir assise devant la cheminée.

Or, voici ce qui se passa.

Madeleine fit un pas en avant, voulant lutter contre sa frayeur, n'en croyant pas ses yeux.

Mais la femme était toujours là immobile et silencieuse. Madeleine fit un pas encore, en disant une seconde fois : « Ma mère ! »

Elle n'avait plus la force de se tenir debout.

Le chandelier qu'elle portait tomba sur le tapis, la bougie jeta un dernier éclair. Mais la lune, qui s'était levée, répandait à travers les rideaux du vitrage une lumière toute spectrale.

Madeleine avait fermé les yeux, elle les rouvrit. Un coup de vent secouant les arbres vint se briser en gémissements dans la fenêtre. La jeune fille n'osait plus avancer et n'osait pas s'en aller.

Il lui semblait que la vision courrait après elle et la retiendrait par sa robe.

La femme en noir lui fit signe d'approcher. Elle montrait une figure si douce et si triste que Madeleine se sentit entraînée, même à travers l'épouvante.

Comme elle s'était encore avancée d'un pas, elle se trouvait bien près de la vision, de plus en plus surprise de ne pas la voir se dissiper comme un nuage.

Quelle ne fut pas son émotion quand elle entendit distinctement ces mots :

— Oui, je suis ta mère.

Madeleine, jusque-là debout, une main appuyée sur un fauteuil, tomba agenouillée devant celle qui venait de parler.

— Ma mère ! dit-elle encore.

Elle tendit les mains, mais elle n'osa toucher la main qui lui était offerte.

Elle était entrée dans un monde inconnu. N'était-ce qu'un rêve ? Non : elle se sentait bien éveillée. N'était-ce qu'une vision ? Mais les visions ne parlent pas.

Elle s'enhardit à toucher la main, c'était une main de marbre. Madeleine fut glacée jusqu'au cœur.

Les yeux qui la regardaient étaient fixes. Elle vit tout à coup les lèvres remuer, des lèvres blanches. Ces mots dits lentement et sourdement lui vinrent au cœur :

« — Oui, tu es ma fille, Madeleine. Il y a bien longtemps que je te cherche et que je te pleure. Si tu me vois ici, c'est parce que tu es venue au château. J'entends du bruit, adieu; c'est le duc qui revient de la chasse. Prends garde, Madeleine, si le duc te dit d'épouser le prince Trivulzio. Prends garde si le duc te dit que Mathilde est sa fille: dis-lui que jamais cette femme n'est sortie de mes entrailles. Adieu. Reviens tous les ans au château d'Arvers. La mort veut te prendre, mais je prie Dieu. »

La main glacée se leva comme pour montrer le ciel.

« — Adieu, Madeleine. Embrasse-moi. »

Madeleine se souleva, les bras ouverts, pour les refermer sur la figure de la duchesse.

Mais quand ses lèvres s'approchèrent, elle sentit le froid de la mort et tomba évanouie.

Elle tomba si bien évanouie, que cinq minutes après, quand les chasseurs rentrèrent au château, le duc et le marquis, qui voulaient lui dire bonsoir, la trouvèrent couchée sur le seuil des deux chambres.

Quand elle revint à elle, elle eut peur encore, mais elle sourit bientôt en disant :

— Ce n'est rien.

— Mais enfin, que s'est-il passé ? lui demanda le marquis d'Armeville.

— Je ne sais pas.

Elle ne voulait pas dire qu'elle avait eu peur d'une vision. Et d'ailleurs, était-ce une vision ? Mais elle se décida à parler :

— J'ai ouvert cette porte, et j'ai vu une femme qui pleurait là-bas devant l'âtre.

Le duc ressentit un coup au cœur.

— Et comment était cette femme?

— Elle était noire et blanche.

— Vous dites qu'elle pleurait?

— Oui, ma lumière a frappé sur sa figure : je la vois encore penchée sous une profonde expression de tristesse.

— Vous êtes sûre que ce n'est pas miss Johnson?

— Oh! non; miss Johnson a dû rentrer pendant que je dormais. D'ailleurs, ne cherchez pas une femme, je sais bien que c'était une vision ; car depuis quelque temps, c'est bête .comme tout, mais je suis obsédée de fantômes. J'ai beau n'y pas croire, il me faut les voir.

— Vous avez dû lire des romans? dit M. d'Armeville à Madeleine.

— Oui, mais des romans où il n'y avait pas de fantômes.

— C'est que Mme Templier vous aura bercée avec des contes de revenants. Ne fait-on pas tourner des tables chez votre marraine?

— Dieu merci non! le capitaine ferait sauter les tables par la fenêtre.

Le duc paraissait très-ému. Il n'avait jamais eu de pareilles visions ; mais chaque fois qu'il pénétrait la nuit dans la chambre de sa femme, il ne pouvait se défendre d'une terreur mystérieuse. Il aurait bien voulu qu'elle lui apparût, mais il n'avait trouvé que la nuit dans la nuit, le silence dans le silence.

On a vu que Madeleine s'était bien gardée de dire à M. de Marigny et à M. d'Armeville que la vision lui avait parlé. Elle ne comprenait pas bien le sens des paroles, mais elle sentait qu'il ne fallait pas les redire. Si en effet elle était la fille de la duchesse, n'était-elle pas la fille du duc ?

Comme elle voyait que M. de Marigny la questionnait du regard, elle dit qu'elle allait se coucher. Et comme le duc voulait encore reparler de cette vision, elle murmura :

— Je vois bien que tout cela n'est qu'un rêve. Je me suis endormie de bonne heure, j'ai dû, dans mon sommeil, venir jusqu'ici en proie à quelque songe funèbre. Mais je n'ai vu que les fantômes de mon esprit.

Le lendemain, quand M. d'Armeville vint dans la chambre de Madeleine', elle lui demanda à brûle-pourpoint si la duchesse avait été mariée deux fois ?

— Non, pourquoi ?

— Pour rien, reprit Madeleine comme en pensant à autre chose. On m'avait dit que la duchesse avait eu une autre fille que Mathilde.

— Qui vous a dit cela ?

Le marquis était fort intrigué.

Madeleine ne répondit pas. Elle se demandait s'il était possible que la duchesse ait eu un amant. Mais elle se hâta de décider que non. Il lui sembla que c'était une profanation d'accuser une femme qui avait une si adorable figure. Mais si elle ajoutait foi un instant aux paroles entendues, comment la duchesse pouvait-elle être sa mère, puisqu'elle n'était pas la fille du duc !

Au déjeuner, le prince de Trivulzio, qui en avait assez de la chasse, parce que la veille il avait abusé de ses forces sans abattre beaucoup de bêtes, sembla se tourner plus amoureusement vers Madeleine, mais elle se hâta de lui parler de la baronne d'H...

— Oh! c'est fini , dit-il. Elle est perdue dans ses terres, je ne veux pas la déterrer, d'ailleurs elle m'a chanté trois fois la même chanson.

— Mais moi, dit Madeleine, je ne fais pas autre chose : il y a des airs que j'ai chantés trois cents fois.

— Oui, mais vous, vous avez l'air d'une duchesse, tandis que la baronne a l'air d'une paysanne parvenue.

Cela se disait à mi-voix à un coin de la table. Madeleine jugea qu'il ne fallait pas continuer cette causerie à deux. Son autre voisin était le marquis, elle lui parla de Paris. Mais, selon son habitude, le prince qui écoutait aux portes voulut prouver qu'il était le Parisien par excellence. Il parla de l'Opéra, comme s'il y fût allé; du corps de ballet, comme s'il l'eût conduit; des femmes à la mode, comme s'il eût soupé avec elles. Le duc, ennuyé de toutes ces divagations, finit par lui dire :

— Vous savez tout cela, monsieur, mais vous ne savez pas qu'il y a à Paris une École polytechnique, une École normale et une École de droit; c'est là qu'on devient un homme.

— C'est le vieux jeu, dit le prince; aujourd'hui, pour être un homme, il faut passer par l'école des femmes.

— Mon cher prince, s'écria le marquis, c'est là une rude école. Vous y perdriez votre latin.

— Oui, oui, mais pourvu que j'y apprenne le français! c'est jouer à qui perd gagne.

Pendant toute la journée ce fut comme un pari : le prince suivit et poursuivit Madeleine, soit au piano, soit dans le parc. On sortit en char à bancs, il monta à cheval pour escorter la jeune fille, lui parlant tout le long du chemin.

Madeleine ne songeait ni à s'en inquiéter ni à s'en offenser, quoiqu'il abusât beaucoup de l'argot parisien, croyant que c'était du dernier chic de donner des coups de canif dans le contrat du style et de la langue de Louis XIV. Je ne sais pas si ce fut par esprit de contradiction, quoiqu'elle eût le plus grand respect pour les paroles dites par la duchesse, Madeleine trouva le prince ce jour-là beaucoup plus agréable que la veille, ce qui ne l'empêcha pas de se tourner plus d'une fois vers le souvenir de Joinville.

X

LE CRI DU CŒUR

L E soir, en rentrant un peu avant le dîner, on se mit à la table du salon pour lire les journaux.

Le prince de Trivulzio parut prendre un vif intérêt en lisant dans *le Gaulois* le récit d'un crime étrange, qui a d'ailleurs fort ému tous les lecteurs. Le voici dans toute sa simplicité terrible :

« La petite ville de Beaugency vient d'être le « théâtre d'un crime inouï.

« Mme Marsault, née Caroline Darblé, était à « Beaugency depuis quelques jours occupée à l'a- « meublement d'une maison que lui a léguée une « de ses tantes, soit qu'elle voulût habiter cette « maison, soit qu'elle pensât à y loger quelqu'un

« de sa famille, car cette dame n'est pas de Beau-
« gency : elle habite les environs d'Orléans.

« Il paraît qu'elle a eu des malheurs, car en
« très-peu de temps elle a perdu ses enfants et son
« mari. Le bruit se répand d'ailleurs qu'elle n'était
« pas très-heureuse en ménage, parce que son
« mari était jaloux jusqu'à la tyrannie; mais on
« affirme qu'elle aimait beaucoup ses enfants.

« Le mari avait d'ailleurs ses raisons pour être
« jaloux. Un de nos amis, qui sort du cabinet du
« juge d'instruction du parquet d'Orléans, nous
« affirme qu'elle avait eu un enfant avant son ma-
« riage : une histoire un peu mystérieuse qui se
« débrouillera devant les assises. Cet enfant lui
« venait d'un cousin, qui portait comme elle le
« nom de Darblé. C'était d'ailleurs un de ces coqs
« de village qui font la chasse aux filles : désœu-
« vrés rustiques, se croyant riches avec quelques
« milliers de francs de rente, ne voulant rien faire,
« politiquant au café, esprits forts à la porte de
« l'église, mais pas devant l'ennemi, la peste des
« campagnes. Ce n'était pas une raison pour que
« sa cousine prît contre lui le couteau tragique.

« N'allons pas si vite. Dimanche dernier, il
« était venu pour la troisième fois voir cette femme
« qui, pendant toute la durée de son mariage,

« n'avait pas voulu le recevoir. Enfin dimanche il
« a forcé la porte malgré la servante qui, à ce qu'il
« paraît, ne voyait pas grand mal à cela puis-
« qu'elle s'en est allée aux vêpres laissant sa maî-
« tresse toute seule avec son cousin.

« Que s'est-il passé ? La scène de Lucrèce avec
« Sextus Tarquin. C'est ce que nous diront les
« débats ; en attendant, on raconte bien des choses.

« Par exemple, on affirme que Mme Marsault a
« jeté de sanglantes injures à son cousin sur l'a-
« bandon de leur enfant qui aurait été mis aux
« Enfants trouvés, parce qu'il n'avait pas payé les
« mois de nourrice. Il paraît qu'il prit gaiement
« les injures, car il était entré la bouche en cœur
« et il persistait à faire les déclarations les plus
« passionnées ; il lui semblait tout naturel, puis-
« que cette femme avait été à lui avant son ma-
« riage, qu'elle fût encore à lui après. Ce fut en
« vain qu'elle pleurait de vraies larmes, tout en
« lui parlant de l'enfant perdu.

« — Dieu s'est vengé sur moi, disait-elle, il m'a
« pris tous mes enfants légitimes pour me punir
« du premier. Encore, si je pouvais retrouver
« celui-là.

« Le cousin ne voulait toujours pas prendre la
« chose au sérieux.

« — Allons donc, disait-il, des enfants on en
« a toujours trop, un de perdu, deux de retrouvés!

« Et il se jeta brutalement sur sa cousine.—Un
Tarquin de village.

« — Quoi! lui dit-elle avec indignation, mes
« larmes ne parlent pas assez haut! Tu es le der-
« nier des hommes. T'imagines-tu donc que je
« vais redevenir ta maîtresse? J'aimerais mieux
« mourir, j'en prends Dieu à témoin.

« En disant ces mots, Mme Marsault tourna la
« tête vers une gravure religieuse qu'elle avait
« accrochée, une heure auparavant, au-dessus
« d'une console.

« Le cousin ne voulait pas désemparer.

« Elle avait vu sur la console un couteau de
« cuisine qui venait de lui servir à couper le cor-
« don des cadres. Ce fut comme une inspiration.
« Elle saisit ce couteau : — Prends garde, dit-elle,
« je me sens capable de faire un mauvais coup.

« Mais il ne prit pas ces paroles au sérieux. Il
« arracha la ceinture de sa cousine, qui, tout éga-
« rée, soit qu'elle craignît un attentat, soit qu'elle
« voulût se venger du passé, donna un violent
« coup de couteau en pleine poitrine de cet homme
« si mal inspiré.

« Il poussa un cri et tomba, entraînant la meur-

« trière, parce qu'il la tenait toujours par la ccin-
« ture. Ce fut horrible. La servante venait de ren-
« trer des vêpres. Cette fille se précipita : il était
« trop tard. Les voisins accoururent et ne purent
« que constater l'assassinat.

« D'ailleurs, Mme Marsault ne s'en cacha pas ;
« elle dit fièrement qu'elle avait tué son cousin
« pour échapper à ses violences. Elle ne fit pas de
« façon pour conter ce qui s'était passé. Elle de-
« mandait le couteau pour en finir, mais les voi-
« sins veillèrent sur elle jusqu'à l'arrivée du maire
« et des gendarmes.

« Il y avait longtemps que notre pays n'avait
« ouï parler d'un pareil crime.

« Mme Marsault a été conduite sous bonne es-
« corte à la prison d'Orléans. Elle était calme,
« presque fière, point du tout repentante ; il sem-
« blait qu'elle eût accompli un acte de justice. La
« question est de savoir si les jurés l'entendront
« comme elle. On ne tue pas les gens comme cela,
« à moins d'être une Lucrèce véritable ; mais une
« Lucrèce après la lettre, c'est un peu raide.

« Avis à messieurs les amoureux. »

Quand le prince fut au bout de ce récit, on lui
demanda ce qu'il y avait de si curieux dans le
journal. « Ma foi, répondit-il, me voilà tout ému

d'un coup de couteau donné par une femme qui avait du cœur.

Il conta la chose en quatre mots et passa le journal à Madeleine. « — En feriez-vous autant, mademoiselle ? lui demanda-t-il. — Je crois bien, répondit-elle ; à cette différence que j'aurais donné à mon cousin un coup de couteau dix-huit ans plus tôt. »

On discuta beaucoup. Le baron d'H..., le voisin de campagne qui avait une femme légère, voulut prouver que la meurtrière était une simple bégueule qui jouait à la vertu sans avoir de vertu. Mais le prince le prit de haut pour défendre Mme Marsault. Il dit alors ce beau mot : « Si l'amour peut refaire une virginité à la femme, c'est l'amour maternel. »

Le duc de Marigny tendit la main au jeune prince : « Bravo ! mon fils, lui dit-il, voilà une noble parole. »

Mais le duc ne se doutait guère que le jeune homme, en défendant ainsi cette femme, défendait sa mère.

FIN DU TOME PREMIER

 TABLE

LIVRE I

TROIS POINTS D'INTERROGATION

LIVRE II

LES TROIS BERCEAUX

LIVRE III

LA FILLE DU DIABLE

LIVRE IV

LES DEUX CHATEAUX

PARFUMERIE ORIZA
DE L. LEGRAND
FOURNISSEUR DE LA COUR DE RUSSIE

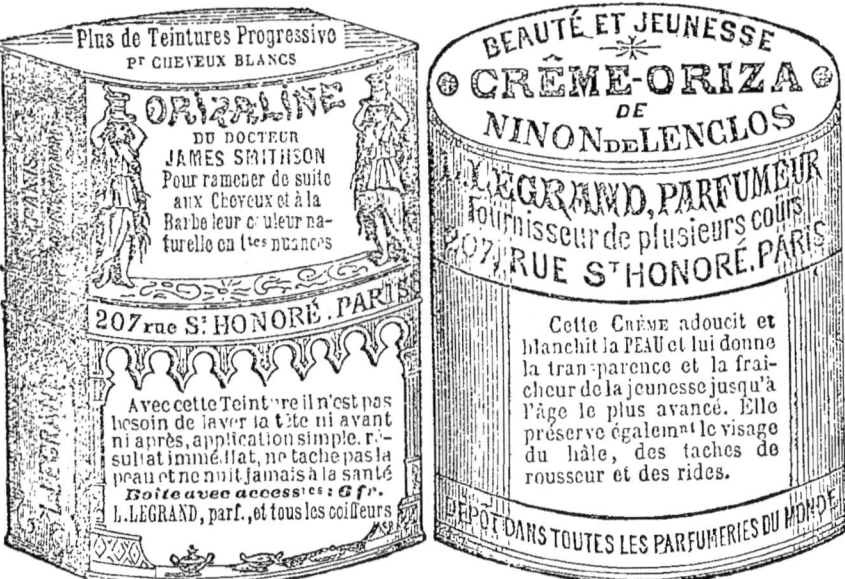

Plus de Teintures Progressive
Pr CHEVEUX BLANCS

ORIZALINE
DU DOCTEUR
JAMES SMITHSON
Pour ramener de suite
aux Cheveux et à la
Barbe leur couleur na-
turelle en ttes nuances

207 rue St HONORÉ. PARIS

Avec cette Teinture il n'est pas
besoin de laver la tête ni avant
ni après, application simple, ré-
sultat immédiat, ne tache pas la
peau et ne nuit jamais à la santé
Boite avec accessres : 6 fr.
L. LEGRAND, parf., et tous les coiffeurs

BEAUTÉ ET JEUNESSE
CRÈME-ORIZA
DE
NINON de LENCLOS
LEGRAND, PARFUMEUR
fournisseur de plusieurs cours
207 RUE St HONORÉ. PARIS

Cette Crème adoucit et
blanchit la PEAU et lui donne
la transparence et la fraî-
cheur de la jeunesse jusqu'à
l'âge le plus avancé. Elle
préserve également le visage
du hâle, des taches de
rousseur et des rides.

DÉPOT DANS TOUTES LES PARFUMERIES DU MONDE

ORIZA-POWDER
DE NINON DE LENCLOS
Poudre fleur de riz, donnant le
velouté de la pêche.

ORIZA-OIL
Huile de noisette pour lustrer,
adoucir la barbe, les cheveux
et les empêcher de se casser.

ORIZA LACTÉ
LOTION ÉMULSIVE
Blanchit et rafraîchit la peau
enlève et détruit les taches
de rousseur.

SAVON ORIZA
d'après le Dr O. RÉVEIL, le plus
doux et le plus rafraîchissant
pour la peau.

ORIZA-BLANC ET ROSE, fards en poudre pour donner des couleurs naturelles à la peau.

ESS. ORIZA ET ORIZA-LYS, parfums de divers bouquets à la mode pour
parfumer le linge et le mouchoir sans le tacher.

ORIZA-FROWERS (ambrée), eau admirable de toilette pour tonifier la peau,
parfum suave et délicat.

ORIZA-HAY, eau de toilette (New-Mown-Hay), au bouquet de foin fraîche-
ment coupé.

En un mot, la parfumerie Oriza renferme tout le sérail des fleurs et
toute la science des chimistes.

207, Rue Saint-Honoré, 207.

GRAND - HOTEL

PARIS

12, boulevard des Capucines, 12

DÉJEUNERS SERVIS A DES TABLES PARTICULIÈRES

Vin, Café et Liqueurs compris, 4 fr.

DINERS A LA TABLE D'HÔTE DU GRAND-HÔTEL

Vin compris, 6 fr.

C'est la table la mieux servie de Paris.

700 CHAMBRES DEPUIS 4 FR. PAR JOUR

Pension : 20 fr. par jour

Logement, Éclairage, Chauffage, Nourriture
et Vin compris.

Trois ascenseurs desservent les étages depuis six heures
du matin jusqu'à une heure après minuit.

Saint-Germain. — Imprimerie D. BARDIN.

ARSÈNE HOUSSAYE

LES COMÉDIENNES DE MOLIÈRE
1 vol. in-8 elzévirien. — 10 portraits sur acier.

HISTOIRE DU DIX-HUITIÈME SIÈCL
1re série : — La Régence.   3e série : — Louis
2e série : — Louis XV.   4e série : — La R
Nouvelle édition en 4 vol. in-18 jésus, à 3 fr

HISTOIRE DE LÉONARD DE VINC
1 vol. in-8 cavalier. — Portrait.

HISTOIRE DE L'ART FRANÇAIS AU DIX-HUITI .E
1 vol. in-8 cavalier.

HISTOIRE DU 41e FAUTEUIL DE L'ACADÉMIE
DEPUIS MOLIÈRE JUSQU'A MICHELET
10e édition. — Portraits. — 1 vol. in-8 cavalier. — 4e édition format anglais.

LE ROI VOLTAIRE
SA COUR — SES FEMMES — SES MINISTRES — SON PEUPLE
SES CONQUÊTES — SON DIEU — SA DYNASTIE
7e édition. — Gravures. — 1 vol. in-18 à 3 .50.

Mlle DE LAVALLIÈRE
ÉTUDE HISTORIQUE SUR LA COUR DE LOUIS XIV
1 vol. in-8 cavalier. — 6e édition.

VOYAGE A MA FENÊTRE
8e édition. — 1 vol. in-8 cavalier. — Gravures de Johannot.

LES POÉSIES COMPLÈTES
1 vol. elzévirien in-18. — Eau-forte. — 5 fr.

LES CENT ET UN SONNETS
1 vol. in-4. — Gravures et eaux-fortes. — 20 fr.

LES GRANDES DAMES
1 vol. illustré 15 fr.

IMPRIMERIE ELZÉVIRIENNE DE D. BARDIN, A SAINT-GERMAIN.

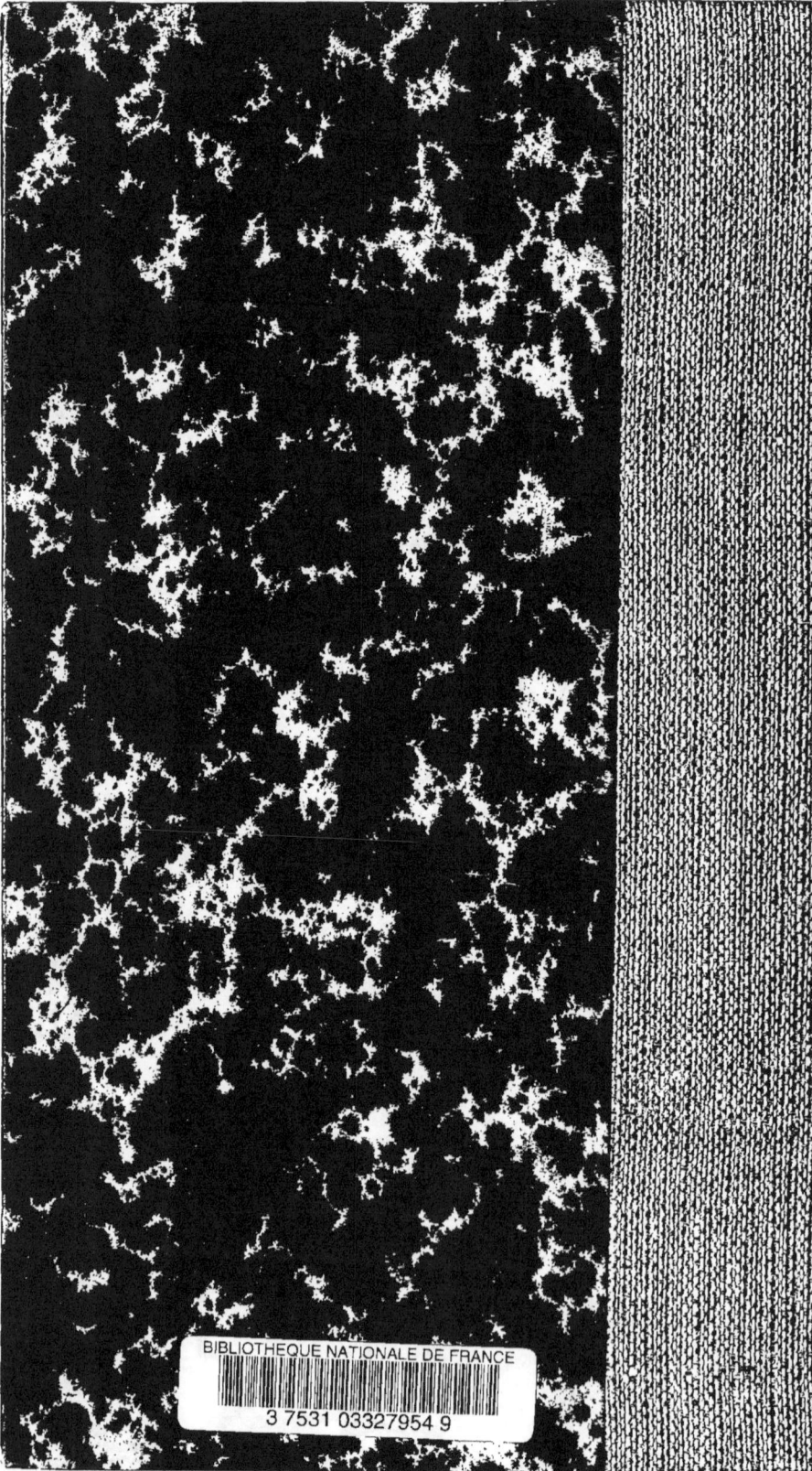